Bieniek & Band – das sind:

Christian Bieniek
wurde 1956 in Dieburg geboren. Er lebt in Düsseldorf und schreibt Bücher für Kinder und Erwachsene.

Marlene Jablonski
wurde 1978 in Danzig geboren. Sie arbeitet seit ihrem Abitur als freie Schriftstellerin in Düsseldorf.

Vanessa Walder
wurde 1978 in Heidelberg geboren. Sie arbeitete für die österreichische Jugendzeitschrift TOPIC und lebt heute als freie Schriftstellerin in Wien.

Zwei echte Profis

Bieniek & Band

Ein charmanter Schwindler

UEBERREUTER

Die Deutsche Bibliothek – CIP-Einheitsaufnahme

Zwei echte Profis / Bieniek & Band. – Wien : Ueberreuter
Bd. 4. Ein charmanter Schwindler. – 2001
ISBN 3-8000-2791-7

J 2568/1

Umschlaggestaltung von Zembsch' Werkstatt, München, unter Verwendung einer Illustration und eines Fotos von Hans-Jürgen Feldhaus

Druck: Ueberreuter Print
7 6 5 4 3 2 1

Ueberreuter im Internet: www.ueberreuter.de

Kapitel 1

Warum werde ich eigentlich immer mit dummen Sprüchen genervt, wenn ich die Baronin besuchen will?

»O nein!«, hat meine Mutter gestöhnt, als ich vor zehn Minuten aufgebrochen bin. »Du gehst schon wieder ins Altersheim? Glaub mir, Benedikt: Da kommst du noch früh genug hin!«

Sie denkt bestimmt, meine Besuche bei der Baronin wären stinklangweilig. Irrtum! Wenn sie wüsste, in was für brenzlige Situationen die Baronin und ich schon geraten sind ... Aber vermutlich ist es besser, dass sie nichts davon weiß. Sonst dürfte ich vielleicht gar nicht mehr ins Heim gehen.

Ein bisschen hat meine Mutter natürlich Recht damit, sich über die Freundschaft zwischen der Baronin und mir zu wundern. Wir haben nicht viel gemeinsam. Sie ist dreiundsechzig Jahre älter als ich, eine echte Adelige und mag kein Ketchup. Das Einzige, was wir teilen, ist unsere Vorliebe für Verbrechen. Für ausgedachte und für ausgeführte.

Da ist es eigentlich kein Wunder, dass wir uns ausgerechnet auf einer Polizeiwache kennen gelernt haben. Das war unser erster Fall – eine Fahrerflucht. Mit äußerstem Scharfsinn halfen wir der Polizei, dem Kerl auf die Spur zu kommen. Das heißt – äh – na ja – eigentlich haben wir uns nur die Autonummer des Typen gemerkt, der nach dem Zusammenstoß abgehauen ist.

Seitdem haben wir aber einige knifflige Fälle zusammen gelöst und sind ständig auf der Suche nach neuen. Das ist auch der Grund, warum ich jetzt zur Baronin fahre.

Als ich aus der Straßenbahn steige, stelle ich mir vor, wie sie mir gleich eine Tasse Tee und ein paar neue Kriminalgeschichten servieren wird. Doch wer weiß: Vielleicht werde ich auf den letzten paar Metern bis zum Heim ja auch noch Augenzeuge eines richtigen Verbrechens.

Das werde ich tatsächlich. Es beginnt nämlich zu gießen. Das scheußliche Wetter in Hamburg ist wirklich ein Verbrechen! Echt kriminell, wie oft Petrus Regenwolken über unsere Stadt ziehen lässt! Dafür sollte er in den Knast wandern.

Ich kann es kaum erwarten, endlich für immer in Richtung Süden zu verschwinden. Aber es dauert bestimmt noch ewig, bis sich meine Eltern den Traum von einer Obstplantage in Spanien erfüllen können. Dafür muss mein Vater wohl noch ein paar tausend Jahre Taxi fahren. Und meine Mutter noch einige Generationen von Knirpsen in ihrem Kindergarten betreuen.

Also werde ich mir weiterhin jeden Tag hundertmal die Brille putzen müssen, weil ich außer Regentropfen in Großaufnahme gar nichts mehr sehe.

Im Moment ist das aber eigentlich auch nicht nötig. Den Klingelknopf mit dem Namen *von Stöver* finde ich auch so. Ich habe ihn ja auch schon oft genug gedrückt.

Auf dem Weg in den dritten Stock putze ich meine Brille.

»Bist du erkältet?«, begrüßt mich die Baronin an der Tür und deutet auf mein Taschentuch.

»Noch nicht«, sage ich und setze die Brille wieder auf. »Aber wenn ich noch lange bei dem Sauwetter –«

»Ach, das hältst du schon aus«, unterbricht sie mich.

Erst jetzt bemerke ich, dass die Baronin einen Mantel trägt.

»Gehen wir irgendwo hin?«, frage ich erstaunt.

»Ja«, antwortet sie und kommt mit einem Schirm ins Treppenhaus. Dann schließt sie die Tür hinter sich ab.

»Gibt's einen neuen Fall?«, erkundige ich mich hoffnungsvoll.

Die Baronin nickt. »Hat mit Scheren und Giften zu tun.«

»Es geht um – um Mord?«

»Nein, um einen Haarschnitt«, beruhigt sie mich lächelnd. »Wir gehen zum Friseur.«

»Was wollen Sie denn da?«, murre ich.

»Na was wohl? Ich lasse mir einen Zahn ziehen«, scherzt die Baronin. »Oder eine Zeckenimpfung verpassen.« Sie schüttelt den Kopf. »Du stellst vielleicht Fragen, Benedikt! Was soll ich schon beim Friseur? Ich lasse mir die Haare schneiden!«

Ich ziehe eine Schnute. Ich habe kein bisschen Lust, sie zum Friseur zu begleiten. Da finden wir garantiert keinen neuen Fall. Die einzigen Verbrechen, die dort passieren, sind schlechte Dauerwellen.

Mein enttäuschtes Gesicht scheint die Baronin gar

nicht zu bemerken. Unterwegs schwärmt sie mir von ihrer Friseurin vor, Frau Brigitte Berensen. Wie witzig und nett sie ist und wie gut sie zuhören und Ratschläge geben kann. Hat die Frau etwa den falschen Beruf? Den Worten der Baronin entnehme ich, dass diese Frau Berensen auch als Psychiaterin arbeiten könnte.

Zehn Minuten später schiebt mich die Baronin in einen kleinen Friseurladen. Auf dem Schild über dem Eingang steht in lila Buchstaben und verschnörkelter Schrift *Salon Denise.* Also schließe ich messerscharf, dass Frau Berensen wohl nicht die Besitzerin des Salons ist.

Schwungvoll öffne ich die Tür und betrete vor der Baronin den Salon.

»Ich hab keinen Termin mehr frei!«, schnauzt mich eine blonde Frau in einem weißen Kittel sofort an, als ich auf die Kasse zumarschiere.

Ich zucke zusammen und sehe mich nach der Baronin um.

»Er begleitet mich nur«, erklärt sie freundlich.

Die Blondine, die im Alter meiner Mutter sein dürfte, nickt gnädig. »Dann ist's gut. Aber er soll ruhig sein. Kinder sind immer so schrecklich laut.«

Damit dreht sie sich um und geht zu einer Kundin, die Alufolie im Haar hat. Ob sie die jetzt in den Ofen schiebt?

»Welche der drei Frauen hier ist denn Ihre Friseurin?«, erkundige ich mich leise bei der Baronin.

»Das war sie«, knurrt die Baronin und legt Schirm und Mantel ab. »Die, die dich so freundlich begrüßt hat. Heute Morgen muss sie mit dem linken Bein zuerst aufgestanden sein. So schlecht gelaunt war sie noch nie.«

»Hierher, Frau von Stöver, bitte«, ruft in diesem Moment ein junges Mädchen, das ich bis jetzt noch gar nicht bemerkt habe. Es steht bei den Waschbecken und trägt einen blauen Kittel. Aha, das bedeutet wohl, dass sie einen niedrigeren Rang hat als die Damen im weißen Kittel. So was kenne ich vom Judo.

Ich komme auch nicht umhin zu bemerken, dass das Mädchen sehr hübsch ist. Also habe ich wenigstens einen Zeitvertreib, während der Baronin die Haare gewaschen werden: Ich tue so, als würde ich mich im Salon umsehen. In Wahrheit starre ich das Mädchen an, natürlich so unauffällig wie möglich.

Ob Bianca böse wäre, wenn sie das wüsste? Hm, schön wär's ...

Als das Mädchen plötzlich den Kopf hebt und mich ansieht, wende ich mich schnell der Kundin mit der Alufolie im Haar zu. Sie redet ununterbrochen auf die blonde Frau Berensen ein.

»Und dann hat sie noch nicht mal angerufen«, jammert sie mit durchdringender Stimme. »Stellen Sie sich das mal vor, Frau Berensen: Meine eigene Tochter vergisst meinen Geburtstag! Ist das nicht unmöglich?«

Noch unmöglicher finde ich, in welcher Lautstärke die Kundin mit ihrer Friseurin redet. Sie sitzt inzwischen unter einer Trockenhaube, die aussieht wie ein nach unten offenes Ei. Und weil sie da drin nichts hört, denkt sie wohl, sie müsse wie ein Brüllaffe schreien, damit die anderen sie verstehen.

Dabei ist sie noch nicht mal die Einzige. Erstaunt bemerke ich, dass auch alle anderen Kundinnen ihre Friseurinnen voll quatschen. Nur die Baronin sagt kein Wort. Es ist nicht ihre Art, anderen Leuten ihre Probleme zu erzählen. Sie möchte lieber die der Leute hören. Wie sollen wir denn sonst auch zu unseren Fällen kommen?

Allerdings geht es hier im Salon mehr um Felle als um Fälle. Und die Baronin scheint das nicht mal zu stören. Seelenruhig wechselt sie den Platz und wartet darauf, dass Frau Berensen mit dem Schneiden beginnt. Weil ich mir blöd vorkomme, hier so rumzustehen, gehe ich zu ihr. In diesem Moment taucht auch Frau Berensen hinter dem Stuhl der Baronin auf.

»Na, wie geht's?«, fragt Frau Berensen mürrisch.

»Stimmt etwas nicht?«, fragt die Baronin sofort zurück und betrachtet das Gesicht der Frau in dem Spiegel vor ihrem Sessel.

Sofort füllen sich Frau Berensens Augen mit Tränen.

»Ach, Sie sind die Einzige, die mich mal fragt, wie's mir geht«, seufzt sie. »Niemand interessiert sich dafür, dass – dass Kurt –«

»Was ist denn mit Kurt?«, erkundigt sich die Baronin. »Wollen Sie nun endlich heiraten? Ich warte schon seit Wochen auf die Einladung.«

Dieser Satz war wohl auch eine Einladung für die Friseurin – nämlich mit dem Heulen erst so richtig loszulegen. Jetzt laufen die Tränen über Frau Berensens Backen und tropfen ins Haar der Baronin.

»Die sind schon gewaschen!«, meint die Baronin trocken.

Offenbar ist ihr dieser Ausbruch auch nicht so ganz geheuer. Leider bleibt der Tonfall der Baronin das einzige Trockene hier. Aus den Augen der Friseurin schießt ein ganzes Meer von Tränen.

»Ach«, jammert sie wieder und kämmt dabei die Haare der Baronin. »Ich werde ihn nie wieder sehen. Er hat mich nur benutzt und betrogen.«

Jetzt schießen auch der Baronin Tränen in die Augen. Allerdings nicht aus Mitleid, sondern vor Schmerz. Frau Berensen zerrt an ihren Haaren, als hieße jedes einzelne von ihnen Kurt.

Kurz entschlossen langt die Baronin nach hinten und rupft der Frau den Kamm aus der Hand.

»Erzählen Sie mal«, verlangt sie und kämmt ihr Haar vorsichtig selbst weiter.

»Wir wollten heiraten«, sagt Frau Berensen. »Und wie glücklich ich war! Sie wissen doch: Es ist wahrscheinlicher, vom Blitz erschlagen zu werden, als mit über dreißig noch zu heiraten.«

Die Baronin brummt etwas. Es hört sich an wie: »Verdammte Frauenzeitschriften!«

»Und dann sagte er, er hätte Schulden«, erzählt Frau Berensen weiter. »Also hab ich ihm was geliehen.« Sie senkt ihre Stimme. »Fünfzigtausend Mark.«

»Fünfzigtausend Mark?!«, fährt die Baronin völlig entsetzt auf.

»Psssst!« Aufgeregt versucht Frau Berensen die Baronin zum Schweigen zu bringen und sieht sich misstrauisch im Salon um.

»Ja«, bestätigt sie dann im Flüsterton. »Und er ist einfach verschwunden, dieser kleine, miese –«

»Es sind Kinder anwesend«, unterbricht die Baronin schnell und deutet mit den Augen auf mich.

»Fünfzigtausend Mark«, wiederholt sie dann noch mal leise und blickt ihrer Friseurin tief in die Augen. »Hatten Sie das Geld geerbt? Oder waren das Ihre Ersparnisse?«

»Ist doch egal«, brummt Frau Berensen. »Jedenfalls ist es weg. Und Kurt auch.«

»Waren Sie bei der Polizei?«, frage ich schüchtern.

Die Friseurin durchbohrt mich mit einem mürrischen Blick.

»Polizei!«, wiederholt sie dann spöttisch. »Was weißt du denn schon davon?«

»Mehr als Sie denken.« Die Baronin zwinkert mir zu.

»Es geht hier um Liebe«, verkündet die Friseurin getragen. »Um gestohlene Herzen kümmert sich die Polizei nicht.«

»Um gestohlenes Geld schon«, erwidert die Baronin.

Aber Frau Berensen schüttelt nur den Kopf und beginnt zu schneiden.

Bis sie fertig ist, verliert sie kein Wort mehr über Kurt und das Geld.

Die Baronin kann ihr gerade noch entlocken, wie der Typ aussieht. Kurzes, schwarzes Haar mit grauen Schläfen und ein sportlicher Körperbau.

Hm, klingt, als hätte sie damit unseren nächsten Fall beschrieben. Und gleichzeitig etwa jeden fünften Einwohner von Hamburg. Ich verstehe nicht, warum die Baronin nicht fragt, wo die Friseurin diesen Kurt kennen gelernt hat. Das wäre immerhin ein Anhaltspunkt. Ich traue mich nicht selbst zu fragen. Heulende Frauen mit scharfen Gegenständen in der Hand sollte man nicht reizen.

Argwöhnisch beobachte ich jeden Handgriff der Friseurin. Die Schere fliegt so schnell durch die Luft, dass ich mir Sorgen um die adeligen Ohren der Baronin mache. Was würde Frau Berensen wohl diesem Kurt abschneiden, wenn sie ihn noch mal in die Finger bekäme? Wahrscheinlich hätte er danach keine mehr. War auf jeden Fall eine gute Idee von ihm zu verschwinden, ehe er entlarvt wurde.

Bis wir endlich verschwinden können, vergeht

noch fast eine Stunde. Die Baronin wird nämlich auch noch geföhnt. Ganz zum Schluss hält Frau Berensen einen Handspiegel an den Nacken der Baronin.

»Und? Gefällt's Ihnen?«, fragt sie.

»Ausgezeichnete Arbeit, Frau Berensen!«, lobt die Baronin und steht auf.

Als wir fünf Minuten später den Salon verlassen, stupst sie mich in die Seite und fragt: »Na, hab ich nicht eine tolle neue Friseur?«

»Ja!«, erwidere ich grinsend. »Und einen tollen neuen Fall!«

Kapitel 2

»Tja, und dann haben wir eine Anzeige in der Zeitung aufgegeben«, erkläre ich Murat.

»Was für 'ne Anzeige?«, fragt er zwar, doch die Antwort interessiert ihn kein bisschen. Gedankenverloren starrt er ein blondes Mädchen an, das gerade an uns vorbeispaziert. Dabei schaut es lächelnd zum blauen Himmel empor.

Murat ist zwar mein bester Freund, aber ein besonders aufmerksamer Zuhörer ist er leider nicht.

Na, vielleicht liegt es ja auch am Wetter. Kaum zu fassen, aber es ist tatsächlich schön! Heute ist der erste warme Frühlingstag! Fast alle Kinder auf dem Schulhof haben sich von den Sonnenstrahlen anstecken lassen und machen fröhliche Gesichter.

Ich zupfe Murat am Ärmel. »Hörst du mir überhaupt noch zu?«

»Klar!«, behauptet er. »Euer neuer Fall ist echt spannend. Wie viel hat dieser Typ bei der Friseurin abgesahnt?«

Das ist wohl der einzige Punkt, der ihn wirklich interessiert. Kommt mir das nur so vor oder klingt Murat tatsächlich beeindruckt?

»Fünfzigtausend Mark«, wiederhole ich.

»Und wofür?«

»Na ja, die Friseurin war halt in ihn verliebt«, erkläre ich. »Sie wollte ihm helfen seine Schulden zu bezahlen.«

»Hm.« Murat denkt nach, was nicht besonders oft vorkommt. Zumindest nicht in der Schule. »Also hat sie's ihm nur gegeben, weil er nett zu ihr war?«

»Ja, vermutlich.«

Murats Blick heftet sich wieder auf das blonde Mädchen, das sich inzwischen zu ein paar Freundinnen auf die kleine Mauer vor der Turnhalle gesetzt hat.

»Denkst du, das klappt bei mir auch?«, fragt er.

Ich muss lachen. »Spinnst du? Warum sollte dir ein Mädchen Geld geben?«

Er fährt sich mit beiden Händen durch die Haare und grinst mich an.

»Hey, ich bin äußerst nett, sehe gut aus, hab jede Menge Witze drauf, dusche ab und zu und habe kaum Mundgeruch«, verkündet er.

»Also das mit den Witzen kaufe ich dir ja vielleicht noch ab, aber den Rest ...«

»Wetten, dass Alicia mir zwei Mark für ein Eis gibt?«, schlägt er vor.

Alicia ist das blonde Mädchen aus unserer Parallelklasse, das er nun schon die ganze Zeit anglotzt. Sie ist wirklich sehr hübsch. Aber auch sie verblasst neben meiner Bianca.

Nein, Bianca ist nicht meine Freundin. Daran arbeite ich noch – seit ich sie vor vier Jahren in der Grundschule zum ersten Mal sah. Bisher hatte ich noch nicht viel Erfolg damit. Was vermutlich auch daran liegt, dass ich ihr noch nie gesagt habe, wie nett ich sie finde. Es gibt leider nur ein weibliches Wesen in meinem Alter, mit dem ich reden kann, ohne rot zu werden: meine Schildkröte Emily.

Manchmal wünschte ich, ich hätte ebenso viel Mut wie Murat. Obwohl – dass er jetzt gerade auf Alicia zusteuert, um ihr zwei Mark abzuknöpfen, finde ich alles andere als mutig. Das ist einfach nur dämlich.

Ich habe aber keine Zeit, die beiden zu beobachten. Zu meiner grenzenlosen Überraschung taucht nämlich soeben die Baronin auf dem Schulhof auf.

Nanu? Was will die denn hier? Ob sie schon Antworten auf unsere Anzeige bekommen hat? Gleich nach dem Friseurbesuch am Freitag sind wir nämlich zur Zeitung gegangen. Dort haben wir eine Anzeige aufgegeben, um diesen fiesen Kerl namens Kurt zu ködern. Auch Frau Berensen hatte ihn über eine Anzeige kennen gelernt. Das hat sie der Baronin zumindest vor einiger Zeit erzählt.

Jetzt müsste der Kerl also auf der Suche nach einem neuen Opfer sein. Und dieses Opfer wird die Baronin spielen.

Adelige in den besten Jahren sucht sonnigen Partner für Regentage – so lautet unser Text. Eigentlich ist er von der Baronin. Das mit dem sonnigen Typen und den Regentagen hab ich nicht mal richtig verstanden. Und aus den *besten* Jahren hätte sie ebenso gut die *letzten* Jahre machen können. Nein, derart widerliche Witze mache ich nicht. Der war von der Baronin höchstpersönlich.

»Was heißt denn nun *sonniger Typ?*«, habe ich mich bei ihr erkundigt. »Soll er so braun gebrannt sein, als würde er jede Nacht im Solarium schlafen?«

»Quatsch!«, erwiderte die Baronin. »Damit ist gemeint, dass er ein sonniges Gemüt haben soll. Und mit den Regentagen, dass er auch in schlechten Zeiten zu einem steht.«

Ob darauf einer anbeißt? Ehrlich gesagt habe ich da so meine Zweifel ...

Doch nun erspähe ich in ihrer rechten Hand einen Stapel Briefumschläge. Vielleicht habe ich mich doch getäuscht. Ärgern würde es mich jedenfalls nicht.

Die Baronin hat mich noch nicht entdeckt. Sie ist viel zu sehr damit beschäftigt, die anderen Schüler zu beobachten.

Bei einem knutschenden Pärchen bleibt sie kopfschüttelnd stehen. Ich kann gar nicht hinsehen. Hoffentlich mischt sie sich da nicht ein.

Natürlich mischt sie sich ein! Sie tippt dem Jungen auf die Schulter.

»Was soll das denn?«, hallt ihre Stimme über den Schulhof. »Hör auf an ihrem Gesicht rumzunagen! Kaum den Schnuller aus dem Mund, schon hat er die Zunge in ihrem Hals!«

Kann man sich noch peinlicher benehmen? Wenn irgendjemand merkt, dass ich die Baronin kenne, werde ich von jetzt an garantiert in jeder Pause mit ätzenden Sprüchen überhäuft. Oder vielleicht sogar verprügelt. Da werden mir meine spärlichen Judokenntnisse auch nicht weiterhelfen.

Gott sei Dank lachen die beiden Verliebten nur und gehen ein paar Schritte weiter, ehe sie erneut anfangen zu knutschen.

Die Baronin hat inzwischen schon ein neues Ziel im Auge. Kevin und Markus prügeln sich. Die beiden wollen später mal Ringer werden. Und dafür üben sie fleißig in den Pausen.

Ob die Baronin Markus gebeten hat, ihr sein Ohr zu leihen? Auf jeden Fall hat sie es jetzt in der Hand und zieht ihn daran ein paar Schritte von Kevin weg.

»Seid ihr Spinner denn noch ganz dicht?«, faucht sie ihn an. »Das hier ist eine höhere Bildungsanstalt und kein Boxring.«

»Eine höhere was?«, schreit Kevin höhnisch.

»Was mischen Sie sich denn da ein?«, brüllt Markus.

Die Baronin fasst in die Innentasche ihres Mantels und zieht irgendeinen kleinen Zettel heraus.

»Jugendamt!«, bellt sie und steckt das Ding schnell wieder weg. »Wenn ihr nicht Riesenärger kriegen wollt, dann benehmt euch gefälligst wie zivilisierte Menschen.«

Markus und Kevin zucken zusammen. Brummend verziehen sie sich in eine andere Ecke des Schulhofs. Dabei werfen sie der Baronin ständig böse Blicke zu.

Sie bemerkt das nicht mal. Inzwischen hat sie mich nämlich entdeckt und kommt grinsend auf mich zu.

»Diese Idioten!«, zischt sie, als sie vor mir steht. »Können einen Bibliotheks- nicht von einem Dienstausweis unterscheiden!«

Ich muss lachen. Das ist typisch Baronin. Ich bin ja schon froh, dass sie *Jugendamt* und nicht *FBI* gesagt hat. Bei ihr kann man nie wissen ...

»Gibt's hier irgendwo einen Tisch?«, fragt sie und sieht sich um.

»In unserem Klassenzimmer. Aber in der Pause dürfen wir nur rein, wenn es regnet.«

»Und wenn ihr nicht dabei erwischt werdet«, fügt die Baronin schmunzelnd hinzu und packt mich am Arm. »Komm, versuchen wir es einfach mal.«

Sekunden später sind wir im Treppenhaus auf dem Weg in den zweiten Stock. Hoffentlich kommt kein Lehrer auf die Idee, uns zu fragen, was wir hier machen.

Unser Klassenzimmer ist leer. Auf meinem Schreibtisch breitet die Baronin ein Dutzend Umschläge aus.

»Alles Kerle, die sich auf unsere Anzeige hin gemeldet haben«, sagt sie fast ein bisschen stolz. »Zwei sind interessant.« Sie drückt mir einen Umschlag in die Hand.

Neugierig mache ich ihn auf.

Verehrte Dame, auch ich habe die Partnerin fürs Leben noch nicht gefunden. Vielleicht deshalb, weil wir beide füreinander bestimmt sind? Ich würde mich äußerst glücklich schätzen, Sie kennen lernen zu dürfen. Ich hoffe, Ihren Ansprüchen gerecht werden zu können. (Ich bin braun gebrannt und besitze einen Regenschirm!) Anbei auch ein Foto von mir. Auf ein Treffen in nächster Zeit freut sich – Ihr Graf.

Auf dem Foto grinst ein etwa fünfzigjähriger Typ in die Kamera. Er hat dunkles Haar, strahlend weiße Zähne und trägt ein Tennishemd. Er sieht aus, als mache er Werbung für Zahnpasta. Oder für Tennis. Oder für sich selbst.

»Das muss er sein!«, jubelt die Baronin.

Ich runzle die Stirn. Na schön, es ist unser erster Anhaltspunkt. Aber deshalb muss sie das Foto des Typen nicht so liebevoll ansehen. Immerhin hat er die Sache mit dem *sonnigen Typen für Regentage* genauso wenig verstanden wie ich.

»Sie sagten, es wären zwei interessante Schreiben gekommen«, erinnere ich sie.

Zögernd drückt mir die Baronin ein anderes Kuvert in die Hand. Als ich den Brief herausziehe, fällt ein Foto mit dem Bild nach unten auf den Tisch.

Ich falte den Brief auseinander.

Sehr geehrte Adelige, fängt er an. *Obwohl ich ein gebildeter, sportlicher und gut aussehender Mann bin, hat das Leben mir eine Partnerin vorenthalten. Wer weiß, vielleicht können gerade wir etwas Sonnenschein in das Leben des anderen bringen? Auch an Regentagen.*

Herzlichst, Ihr Mann, der hofft.

Verwirrt sehe ich die Baronin an.

»Könnte das auch dieser Kurt sein?«, wundere ich mich.

Grimmig schüttelt die Baronin den Kopf. Mit einer Bewegung, als würde sie in einem Spiel endlich die Trumpfkarte werfen, dreht sie das Foto auf dem Schreibtisch um.

Ich zucke zusammen. Dieser *Mann, der hofft,* ist niemand anders als Herr Hoffmann. Er wohnt im gleichen Altersheim wie die Baronin und versucht immer wieder ihr Herz zu gewinnen. Dabei hat er allerdings genauso wenig Chancen wie bei ihren anderen Organen.

»Wundert es Sie, dass er es schon wieder versucht?«, frage ich grinsend.

»Wieso schon wieder?«, fährt sie mich an. »Er weiß doch gar nicht, dass ich das bin.«

»Stimmt ja!«

Brummend sammelt die Baronin die Umschläge wieder ein.

»Die anderen können Sie doch jetzt wegschmeißen«, meine ich erstaunt.

»Ach, lass mal!«, murmelt sie und steckt alle in die Innentasche ihres Mantels.

»Und wie geht's jetzt weiter?«, erkundige ich mich.

»Ich treffe ihn natürlich«, sagt sie sofort.

»Herrn Hoffmann?«, kann ich mir nicht verkneifen zu fragen.

»Den auch – und zwar da, wo's besonders weh tut!«, knurrt die Baronin mit geballter Faust. »Aber erst mal nehme ich diesen Kurt in Augenschein.«

»Wir«, verbessere ich sie.

»Äh – ja, natürlich!«, sagt sie schnell, während der Gong ertönt. »Wird nur etwas schwierig, zu erklären, warum du dabei bist.«

»Wir sagen ganz einfach, ich wäre Ihr Enkel. Und weil ich so ein guter Menschenkenner bin, nehmen Sie mich überallhin mit.«

»Enkel?« Die Baronin runzelt die Stirn. »Wie wär's mit Neffe?«

Ich starre sie ungläubig an.

»Schon gut – Enkel!«, sagt sie. »Dann komm heute mal vorbei. Wir müssen unbedingt einen Schlachtplan entwerfen.«

Damit verabschiedet sie sich. Beim Rausgehen stößt sie fast mit Murat zusammen, der mit einigen anderen Schülern das Klassenzimmer betritt. Die Baronin nickt ihm zu, ohne dabei eine Miene zu verziehen, und verschwindet in den Flur. Murat schaut ihr mürrisch hinterher. Die beiden mögen sich nicht besonders. Die Baronin hält Murat für vorlaut und Murat hält die Baronin für durchgeknallt. Ein bisschen haben sie beide Recht.

Murat kommt zu meinem Tisch.

»Was wollte denn die Baronin hier?«, fragt er.

»Wir haben den Kerl«, sage ich leichthin.

»Was?« Murat starrt mich fassungslos an. »Ihr habt am Freitag von dem Fall erfahren und am Mittwoch habt ihr ihn schon gelöst?«

»Nicht ganz«, gebe ich zu. »Wir müssen den Kerl noch treffen.«

»Wozu?«

»Um ihn zu überführen«, erkläre ich leise.

»Heißt das, ihr habt keine Beweise?«

»Nicht direkt«, sage ich noch leiser.

Murat lacht. »Also dann habt ihr denn Fall ja ganz toll gelöst!«

»Und du?«, gebe ich zurück. »Hat Alicia dir das Geld gegeben?«

Grinsend zieht Murat zwei Mark aus der Tasche.

»Klar!«, sagt er.

Total verblüfft sehe ich ihn an. »Wie hast du das denn wieder gemacht?«

»Ganz einfach: Ich habe ihr gesagt, wie toll sie aussieht und wie gut sie riecht und wie nett sie ist«, erklärt er.

»Und dann hat sie dir das Geld gegeben?«

Murat windet sich. »Nein, nicht direkt. Ich hab sie erst noch was gefragt.«

»Was denn?«

»Ob sie mir zwei Mark leihen kann.«

Kapitel 3

Ich hasse Judo!

Meine Eltern hatten Recht: Wie konnte ich nur so bescheuert sein, mich ausgerechnet für diese Sportart zu entscheiden?

Ich bin nicht nur einer der Kleinsten in unserer Trainingsgruppe, sondern auch noch einer der Leichtesten. Murat macht es nicht so viel aus, dass die meisten anderen um ein oder zwei Jahre älter sind als wir. Schließlich ist er ziemlich groß für einen Zehnjährigen. Aber wenn dieser Fettklops Rolf heute auf ihm gelegen hätte, dann wäre ihm sicherlich auch die Luft ausgegangen. Was bei seinen blöden Witzen nach der Judostunde leider ganz und gar nicht der Fall war.

»Armer Benedikt!«, zog er mich lachend auf. »Hast du gleich mal für deine freiwillige Mitarbeit bei

Greenpeace geübt? Dort musst du auch gestrandete Wale herumtragen.«

Und das alles nur, weil mein Trainingspartner heute etwa achtzig Kilo wog. Als Rolf mich mit einem speziellen Griff am Boden festhalten sollte, wälzte er sich einfach auf mich drauf.

Mir wurde langsam schwarz vor Augen. Und dann sah ich ein paar wunderschöne Sterne mitten in dem Schwarz. Ehe ich endgültig den Löffel abgab, konnte ich gerade noch krächzen: »Ich ... er...sticke!«

»Wer strickt hier?«, hörte ich den Trainer fragen. »Wir machen doch Judo!«

Unser Lehrer ist mir nie besonders helle vorgekommen. Aber nach dieser Frage zweifelte ich endgültig an seinem Verstand.

Schließlich war es Murat, der Rolf in den Hintern zwickte, damit er endlich aufstand.

Gequält saugte ich Luft in meine Lungen und versuchte die Sternchen zu vertreiben. Nach einer Weile gelang mir das auch. Bei Murat hatte ich damit leider weniger Glück. Ständig bedauerte er lautstark, keinen Fotoapparat dabeigehabt zu haben. Stattdessen machte er immer wieder nach, wie ich ausgesehen habe, als Rolf auf mir lag. Offenbar wie eine Kreuzung aus einem Baseball und einer ersoffenen Ratte. Die anderen Jungs in unserer Gruppe hätten auch fast keine Luft mehr bekommen – vor Lachen.

Also zog ich es vor, zu verschwinden, während Murat unter der Dusche stand. Dadurch musste ich aber leider darauf verzichten, mich von meinem Todesschweiß zu reinigen. Das Ergebnis ist, dass ich jetzt in der Straßenbahn sitze und stinke wie ein Komposthaufen.

Leider ist die Baronin, die ich gleich treffen will, keine begeisterte Gärtnerin. Sie wird meinen betörenden Duft also vermutlich nur mit zugehaltener Nase ertragen können. Das heißt, vielleicht bemerkt sie ihn ja gar nicht, weil sie ihre Nase ohnehin immer so hoch trägt, dass kein Geruch hineingelangt.

»O Mann, Benedikt!«, ertönt eine Mädchenstimme hinter mir. »Du stinkst ja wie alte Sportsocken!«

Natürlich erkenne ich die Stimme sofort. Lydia geht in meine Klasse und ist das Mädchen mit der größten Klappe und der hübschesten besten Freundin: Bianca …

Ehe ich mich zögernd zu ihr umdrehe, schicke ich ein Stoßgebet zum Himmel, dass diese beste Freundin im Augenblick nicht bei ihr ist.

Tja, offenbar mag Gott auch keine Stinker: Bianca sitzt nämlich doch neben Lydia in der Bank hinter mir.

»Hallo«, sage ich, weil mir sonst nichts anderes einfällt.

»Ist das dein neues Parfüm?«, stichelt Lydia sofort weiter. »Kommt es aus Paris oder ist das einheimischer Schweiß?«

»Äh – ich konnte nach dem Judo nicht mehr duschen«, gestehe ich verlegen.

»Wann war denn das letzte Training?«, fragt Lydia. »Vor drei Wochen?«

»Nein, gerade eben«, lautet meine lahme Antwort. *Na los, Benedikt!*, feuere ich mich selbst an. *Lass dir einen coolen Spruch einfallen!*

»Ach, deshalb konntest du dich auch nicht mehr anziehen«, lacht Lydia.

Ich blicke an mir hinunter. Mist, mein Unterhemd hängt über die Hose und den Pullover habe ich verkehrt herum an. Hätte ich doch bloß die Jacke angezogen! Aber mir war so heiß, dass ich sie nur in der Hand trug.

Verstohlen schiele ich zu Bianca hinüber. Wie süß sie in dem hellblauen Pullover aussieht! Da strahlen ihre blonden Locken noch heller. Lacht sie mich etwa auch aus? Nein, sie lächelt mich freundlich an. Dann kann Lydia ruhig so viel nerven, wie sie will. Solange Bianca sich nicht über mich lustig macht, stört mich das kein bisschen.

»Wir müssen raus«, meint Lydia gleich darauf und steht auf.

Soll ich mich jetzt darüber freuen, dass Lydia verschwindet, oder traurig sein, dass Bianca aussteigt?

»Tschüs, Benedikt«, sagt Lydia und grinst mich an.

»Ciao!«, brumme ich und behalte Bianca unauffällig im Auge.

Ehe sie aussteigt, dreht sie sich noch mal um.

»Deine Schuhbänder sind übrigens offen«, sagt sie. Dann gehen die Türen hinter den beiden zu.

Ist das nicht ein wahnsinnig nettes Mädchen? Macht sich Sorgen, dass ich über die offenen Schuhbänder stolpern und mich verletzen könnte.

Ich sehe nach unten und erstarre. Meine Schuhe haben Klettverschlüsse! Bianca hat mich auf den Arm genommen. Ich kann es kaum fassen. Was für ein mieser Tag! Warum bin ich nicht im Bett geblieben? Mein bester Freund und meine große Liebe machen sich über mich lustig.

Kann es eigentlich noch schlimmer kommen? Klar,

die Baronin könnte mich verprügeln und meine Eltern auf die Idee kommen, mich in ein Heim zu stecken.

Das Heim, das ich zehn Minuten später betrete, ist mir erheblich sympathischer. Ich laufe in den dritten Stock und klopfe an die Tür der Baronin.

Es dauert eine Weile, bis sie aufmacht.

»Tut mir Leid«, sagt sie sofort. »Ich habe eben telefoniert.«

Ich folge ihr ins Wohnzimmer und lasse mich erschöpft aufs Sofa fallen.

»Du siehst ja aus wie eine Vogelscheuche«, stellt sie trocken fest. »Und offen gestanden riechst du auch so ähnlich.«

Müde winke ich ab. »Zu dem Thema habe ich heute schon mehr als genug gehört.«

Die Baronin setzt sich in ihren Lesesessel. Das heißt: Eigentlich ist jeder ihrer Sessel ein Lesesessel. Bis auf ein paar Möbel ist die ganze Wohnung mit Büchern eingerichtet. Und der Großteil davon sind Krimis. Allein Agatha Christies gesammelte Werke füllen fast das kleine Schlafzimmer.

»Willst du denn gar nicht wissen, mit wem ich gerade telefoniert habe?«, fragt die Baronin.

Eigentlich interessiert mich das überhaupt nicht.

Ich will den heutigen Tag einfach nur hinter mich bringen, ohne einen noch größeren Narren aus mir zu machen.

Trotzdem nicke ich schwach und blinzle in die Sonne, die mir plötzlich von draußen ins Gesicht scheint.

»Ich habe mit unserem Verdächtigen telefoniert«, verkündet sie, als würde sie mir damit eine besondere Freude machen. »Er war erstaunlich nett und höflich. Ich kann mir kaum vorstellen, warum ein Mann wie er – Na ja, auf jeden Fall treffen wir ihn morgen.«

»Wir?«, frage ich erstaunt.

»Du wolltest doch unbedingt mitkommen«, sagt die Baronin.

»Ach ja, richtig«, erinnere ich mich wenig begeistert. Am liebsten würde ich mich für die nächsten Tage unter meiner Bettdecke verkrümeln und niemanden sehen.

»Was ist denn nur los mit dir?«, fragt die Baronin. »So niedergeschlagen habe ich dich ja noch nie erlebt. Ist etwas Schlimmes passiert?«

»Wie man's nimmt«, sage ich. »Ein fetter Junge hätte mich in der Judostunde fast erstickt, mein bester Freund hat mich vor allen lächerlich gemacht, Lydia hat mich vor Bianca lächerlich gemacht und Bianca hat mich vor mir selbst lächerlich gemacht. Alles in allem bin ich also eine ziemlich lächerliche Person. Wenn Sie finden, dass das schlimm ist, dann ist heute wirklich etwas Schlimmes passiert.«

Ich muss aufpassen, dass ich nicht anfange zu flennen wie ein kleines Kind.

Die Baronin sieht mich mitfühlend an.

»Dass es zu Murats Hobbys gehört, sich über andere lustig zu machen, ist mir schon lange klar«, sagt sie. »Er ist ein bösartiger, kleiner Mistkerl, der es nicht verdient, dein Freund zu sein.«

Ich sehe erstaunt auf. So habe ich die Baronin noch nie reden gehört. Aber sie scheint es ernst zu meinen. Mit bitterböser Miene starrt sie vor sich hin.

»So schlimm ist er auch wieder nicht«, beschwichtige ich sie. »Normalerweise ist er ein verdammt guter bester Freund.«

»Ach, als guter Freund macht man sich also über seinen besten Freund lustig?«, sagt sie scharf.

»Er hat das doch nicht böse gemeint«, erkläre ich. »Vermutlich habe ich wirklich ziemlich dämlich ausgesehen, als ich da unter Rolf auf dem Boden lag.«

Beim Gedanken daran, welcher Anblick sich den

anderen geboten haben muss, grinse ich sogar selbst ein bisschen.

»Und diese Bianca?« Die Baronin speit den Namen aus, als wäre er etwas Ekliges. »Wie kann die sich erdreisten, gemein zu dir zu sein? Wo du doch immer nur nett und höflich zu ihr warst! In so ein Mädchen bist du verliebt?«

»Moment mal!«, protestiere ich sofort. »Ich bin überhaupt nicht verliebt! Und außerdem hat sie gar nichts Böses getan. Das war doch absolut harmlos!«

Die Baronin grinst mich an. Das Lächeln kam genauso plötzlich wie die Sonne draußen. »Wo liegt dann dein Problem?«, fragt sie.

Mist, sie hat mich ausgetrickst! Ich hasse es, wenn sie das tut! Und dass ich jetzt grinsen muss, ist mir überhaupt nicht recht.

»Reden wir lieber wieder über den Fall«, meint die Baronin. »Also: Es ist wichtig, dass du morgen einen Anzug trägst. Und kämm dir die Haare ordentlich! Du musst verdammt gut aussehen – als wärst du mit mir verwandt.«

In diesem Augenblick klopft es an der Tür. Ich sehe die Baronin an. Sie hebt die Augenbrauen und zuckt die Schultern. Dann steht sie auf und geht zur Tür.

»Einen wunderschönen Nachmittag!«, tönt Herrn Hoffmanns laute Stimme durch die ganze Wohnung.

»Bis zu Ihrem Auftauchen war der Nachmittag tatsächlich ganz schön«, entgegnet die Baronin genervt. »Was wollen Sie denn?«

»Sie besuchen«, gibt Herr Hoffmann unbeirrt zurück. »Ich schätze Ihre Nähe, das wissen Sie doch.«

Die Baronin seufzt. »Ich habe Besuch.«

»Pardon, das konnte ich nicht ahnen.« Wetten, dass sich Herr Hoffmann bei diesem Satz leicht verbeugt hat? »Dann komme ich wohl besser ein andermal wieder.«

Die Baronin macht die Tür zu und setzt sich wieder.

»Wissen Sie was?«, sage ich zur Baronin. »So schlecht bin ich mit meinen Freunden eigentlich gar nicht dran.«

»Ach nein?«

»Na wenn ich daran denke, wie Herr Hoffmann von seiner Freundin behandelt wird …«

Kapitel 4

Ich fühle mich wie eine Wurst in der Pelle!

Nach meiner Erstkommunion hatte ich gehofft, diesen ekelhaften Anzug nie wieder tragen zu müssen. Aber leider habe ich meine Rechnung ohne die Baronin gemacht! Ich soll ja aussehen, als wäre ich mit ihr verwandt. Komisch, dass ich mir nicht die Haare grau färben musste.

Saublöd komme ich mir vor in diesem viel zu engen Ding. Wenn ich die Jacke zuknöpfe, bekomme ich keine Luft mehr. Und beim Anblick meiner Hosenbeine würde die Küstenwache sofort Hochwassergefahr ausrufen!

Um von meinem Anzug abzulenken, wollte ich meine Haare irgendwie in Form bringen. Dabei bin ich allerdings kläglich gescheitert. Sie stehen nach wie vor in alle Richtungen von meinem Kopf ab. Aber ich hatte auch keine Lust, sie mir wieder von meiner Mutter schneiden zu lassen. Es ist schon schlimm genug, dass sie diesen Anzug geschneidert hat. Ich kann damit nicht mal richtig sitzen. Ständig rutsche ich in meiner Bank in der Straßenbahn auf und ab. Ich bin heilfroh, als ich endlich aussteigen kann.

Aber dann die Treppenstufen im Heim! Beim Hinaufgehen habe ich das Gefühl, Murat würde mich verfolgen und mir bei jeder Stufe in den Hintern zwicken. Und ich weiß, wie sich das anfühlt – er hat das nämlich schon mal gemacht.

Hoffentlich lohnt sich die ganze Mühe und der Baronin gefällt mein Aufzug.

»Hallo, Benedikt«, begrüßt sie mich ein paar Sekunden später und schüttelt mir die Hand. Ihr prüfender Blick gleitet von meinen Schuhen über meine Hosen, mein Hemd, bis –

»Was hast du denn mit deinen Haaren gemacht? Oder besser: nicht gemacht?«

Achselzuckend fahre ich mit fünf Fingern durch meine wilde Mähne. »Da kann man auch nichts machen.«

»Ein Profi schon«, widerspricht sie. »Los, wir gehen zu meiner Friseurin.«

Unterwegs erklärt sie mir, wie ich mich heute benehmen muss. Ich höre nicht richtig zu. Ehrlich gesagt gehe ich nicht allzu gern zum Friseur. Das ist doch was für Frauen!

Widerwillig lasse ich mich von der Baronin zu dem kleinen Friseursalon schleifen. Sie besteht darauf, dass ich aussehen muss wie ein kleiner Adeliger. Warum kleine Adelige keine struppigen Haare haben dürfen, ist mir ein Rätsel.

Im Salon redet die Baronin etwa fünf Minuten auf Frau Berensen ein, damit sie mir einen Termin gibt. Dann lässt sich die Baronin auf einer kleinen Couch nieder und schnappt sich eine Zeitschrift.

Ich bin also mir selbst überlassen. O Mann, lieber würde ich zum Zahnarzt gehen! Der Blick, mit dem die Friseurin sich ihre Schere schnappt, gefällt mir gar nicht.

Das junge Mädchen, das mir die Haare wäscht, gefällt mir dafür umso besser. Es ist dasselbe, das letzte Woche der Baronin den Kopf gewaschen hat.

»Guck nicht so ängstlich!«, flüstert mir das Mädchen zu. »Frau Berensen ist zwar in letzter Zeit nicht so gut drauf, aber sie wird dir schon kein Ohr abschneiden.«

Das Mädchen lächelt von oben auf mein Gesicht,

während sie meine Kopfhaut massiert. »Sei froh, dass du in ein paar Minuten wieder draußen bist. Ich muss hier jeden Tag fast zehn Stunden lang rumhängen.«

Nachdem ich vor einem der Spiegel Platz genommen habe, bindet mir Frau Berensen einen Plastikumhang um und schneidet in Windeseile drauflos. Ich hoffe, der Umhang ist dazu da, meine Haare aufzufangen und nicht mein Blut.

Zu gern würde ich das Mädchen bei den Waschbecken noch ein bisschen im Auge behalten. Aber ich fürchte, wenn ich die Augen aufmache, hab ich bald was anderes drin: eine Scherenspitze oder so.

»Fertig!«, seufzt Frau Berensen nach fünf Minuten. Sie winkt das Mädchen herüber und knurrt: »Föhnen!«

Ich schließe wieder die Augen und lasse mich vom Getöse und der Wärme des Föhns einlullen. Ist eigentlich ganz angenehm, wenn einem jemand mit der Hand durch die Haare streicht. Besonders wenn dieser Jemand so hübsch ist wie dieses Mädchen.

Im Halbschlaf beobachte ich den Salon in dem Spiegel vor meinem Stuhl.

Ich sehe, wie eine gut aussehende Kundin sich ihren Pelzmantel anzieht und zur Kasse geht. Frau Berensen hämmert in die Tasten des Computers und reicht der Dame dann einen Ausdruck ihrer Rechnung.

Plötzlich schrecke ich von meinem Stuhl hoch und stoße mit dem Kopf gegen den Föhn.

Wie viel hat die Kundin da eben bezahlt? Das darf doch wohl nicht wahr sein! Einen glatten Tausender hat sie Frau Berensen in die Hand gedrückt. Und sie hat nichts zurückbekommen!

Ist sie etwa mit einer Glatze hergekommen und hat sich jedes Haar einzeln einsetzen lassen? Wenn sie pro Haar einen Pfennig bezahlt hat, kann ich mir die Summe noch erklären. Verwirrt blicke ich zur Baronin hinüber, die gelangweilt in ihrer Zeitschrift blättert.

»Das war's!«, sagt das Mädchen neben mir. Sie fegt mit einem Pinsel die abgeschnittenen Haare von meinem Gesicht und nimmt mir den Umhang ab.

»Danke«, sage ich schüchtern, rutsche vom Sessel und gehe zur Baronin.

Sie blickt auf und mustert mich. Dann grinst sie wohlgefällig.

»Ausgezeichnet!«, sagt sie. »Ein junger Graf, wie er im Buche steht.«

»Ich fürchte, dieses Buch ist schon wieder ein Krimi«, zische ich ihr zu. »Wissen Sie, was die hier für einen Haarschnitt verlangen? Das sind nicht nur Haar-, das sind auch Halsabschneider!«

»Unsinn!«, sagt die Baronin. Sie steht auf und geht zur Kasse.

Wieder tippt Frau Berensen in die Tasten und reicht der Baronin dann den Ausdruck der Rechnung.

Ich schiele auf den Zettel: fünfundvierzig Mark. Hm, das geht ja noch. Jetzt verstehe ich überhaupt nichts mehr.

Die Baronin verabschiedet sich höflich von der Friseurin. Ich winke dem Mädchen zu, als ich den Salon verlasse.

»Und? Wie gefällst du dir?«, fragt die Baronin draußen auf der Straße.

»Keine Ahnung«, antworte ich wahrheitsgemäß. Ich habe nicht mal in den Spiegel gesehen. »Aber diese Frau Berensen gefällt mir gar nicht.«

»Sie macht eine schwere Zeit durch«, sagt die Baronin. »Das weißt du doch.«

»Und deshalb nimmt sie einer Kundin tausend Mark ab?«

»Tausend Mark?« Die Baronin starrt mich ungläubig an. »Wie kommst du denn darauf?«

»Ich hab's im Spiegel gesehen«, antworte ich.

»Das muss eine optische Täuschung gewesen sein, mein Junge!«

»Hä?«

»Na, vermutlich hast du im Spiegel die Zahlen verkehrt herum gelesen«, erklärt die Baronin.

»Ein Tausender besteht aus einer Eins und drei Nullen, soviel ich weiß«, erwidere ich ärgerlich. »Oder gibt es Ein-Mark-Scheine, auf denen 0001 steht?«

Die Baronin lässt sich nicht beirren. »Kein Haarschnitt kostet tausend Mark.«

»Dann gibt es ja wohl nur eine einzige Erklärung«, sage ich bestimmt.

»Ich glaube nicht, dass ich die hören will«, meint die Baronin schroff.

»Die Kundin hat für etwas ganz anderes bezahlt.«

Die Baronin seufzt. »Ich wusste doch, dass ich es nicht hören wollte!«

Kapitel 5

»**Hör endlich auf** dich zu kratzen!«, fordert mich die Baronin zum x-ten Mal auf.

»Da sind Millionen kleiner Härchen in meinem Kragen«, erkläre ich. »Außerdem ist mir dieser Anzug viel zu eng. Das und die Haare – das ist einfach zu viel.«

Wieder reibe ich am Kragen meines Hemdes herum. Die abgeschnittenen Haare sind überall. In meinem Hemd, in meinen Ohren, an meinem Hals. Sogar auf meinen Zähnen! Ich habe mir zwar manchmal gewünscht, Haare auf den Zähnen zu haben, aber doch nur sprichwörtlich.

»Sag mal, bist du nicht der Sohn vom Bachmann?«, fragt der Taxifahrer plötzlich.

Die Baronin hat mit ihrem Handy ein Taxi gerufen, nachdem wir den Salon verlassen hatten. Sie hatte

Angst, der Wind könnte ihre Frisur kaputtmachen. Doch obwohl im Taxi kein Lüftchen weht, zupft sie ständig an ihren Haaren herum, wenn sie denkt, dass ich nicht hinsehe.

»Ja, ich bin Benedikt Bachmann«, antworte ich dem Taxifahrer.

»Ist ein netter Typ, der Bachmann«, sagt der Kollege meines Vaters.

»Danke«, murmle ich. Was soll ich auch sonst darauf sagen?

»Und warum läufst du in einem Anzug herum?«, fragt der Fahrer weiter.

»Ach, das ist eine lange Geschichte.«

»Also noch mal zu deinem Benehmen«, fängt die Baronin eine andere lange Geschichte wieder von vorne an.

Der Taxifahrer wirft mir über den Innenspiegel einen mitleidigen Blick zu.

»Du bist ein reicher Erbe«, erklärt die Baronin. »Du bist verwöhnt und kannst davon ausgehen, dass du in deinem ganzen Leben niemals arbeiten musst.«

Ich stoße einen Seufzer aus. »Wird schwierig, mir das vorzustellen!«

»Bist du Schauspieler?«, fragt der neugierige Taxifahrer, doch die Baronin lässt mir keine Zeit, ihm zu antworten.

»Ziel der ganzen Sache ist, dass unser Graf ganz von selbst anfängt zu singen«, fährt die Baronin fort.

»Also bist du Sänger?«, wirft der Taxifahrer verwirrt ein.

»Achten Sie bitte auf die Straße«, sagt die Baronin in schroffem Ton.

Und das keine Sekunde zu früh! Denn in diesem Moment weicht uns hupend ein Autofahrer aus, weil wir so überraschend rechts abbiegen.

»Also soll ich einfach ein reicher Schnösel sein?«, fasse ich die Anweisungen der Baronin zusammen.

»So in etwa.«

»Also doch Schauspieler«, ruft der Fahrer zufrieden aus.

Die Baronin und ich sehen uns in die Augen und grinsen. Ist schon ziemlich verrückt, was wir hier machen.

»Café Central?«, fragt unser Fahrer noch mal nach.

Die Baronin nickt und sieht aus dem Fenster. Wir sind da. Mit quietschenden Reifen bringt der Taxifahrer den Wagen zum Stehen. Ich glaube, ich weiß jetzt, wer das ist. Mein Vater hat mir mal von einem

Kollegen erzählt, der sich für Michael Schumacher hält und mehr auf den Rückspiegel als auf die Straße achtet.

Als ich aussteige, meint der Mann noch: »Viel Glück beim Vorsprechen, Benedikt!«

Ich danke ihm und gehe mit der Baronin ins Café. Unser Treffpunkt ist eines der ältesten und teuersten Cafés Hamburgs. Die Bänke und Stühle sind mit rotem Samt überzogen.

»In der Ecke rechts«, zischt mir die Baronin zu, sobald wir durch die Tür sind.

Sie hat Recht. Da sitzt der Typ, der uns das Foto geschickt hat. Er trägt einen Anzug und trinkt aus einer Tasse. Das Licht fällt seitlich auf sein Gesicht und lässt seine grauen Schläfen silbern leuchten. Ich schätze ihn auf Anfang fünfzig. Vielleicht ist er auch älter. Auf jeden Fall sieht er sportlich aus und ist braun gebrannt.

Die Baronin nickt mir zu und steuert dann seinen Tisch an. Als wir näher kommen, blickt er auf. Nein, allzu begeistert ist er anscheinend nicht darüber, dass ich mitgekommen bin. Zumindest runzelt er bei meinem Anblick verwirrt die Brauen. Die Baronin sieht er dafür umso freundlicher an.

Was umgekehrt ebenso zutrifft, wie ich leicht verärgert feststellen muss. Findet sie diesen Kerl etwa sympathisch? Ich hätte ihr einen besseren Geschmack zugetraut.

»Ich bin Baronin Karoline von Stöver«, stellt sie sich vor, als sie dem Mann die Hand schüttelt. »Und das ist Benedikt, mein –« Sie stockt und macht ein grimmiges Gesicht. »Mein Enkel.«

»Freut mich«, sagt der Mann und zeigt zwei Reihen makellos weißer Zähne. »Ich bin Graf von Hochbuch.«

Als er meine Hand schüttelt, drückt er zu, als wollte er eine Zitrone auspressen. Ich lächle dabei, als hätte ich eben in eine gebissen.

Dann rückt er der Baronin einen Stuhl zurecht und fordert uns auf uns zu setzen.

»Aber das kann doch unmöglich Ihr Enkel sein«, meint er dann, während er mich von oben bis unten mustert. »Lassen Sie mich raten – Ihr Sohn?«

Die Baronin kichert wie ein junges Mädchen. Was soll das denn? Sehe ich etwa aus wie fünfzig? Na schön, ich trage einen Anzug, aber das macht mich doch höchstens zwei, drei Jahre älter. Im Übrigen sehen hier sogar die Anzüge der Kellner besser aus als meiner.

Einer der Kellner kommt zu unserem Tisch und überreicht uns die Karten. Sofort schlage ich meine auf und werfe einen kurzen Blick hinein. Dann sehe ich den Kellner mit hochgezogenen Augenbrauen an. Die Show geht los!

»Wie? Sie führen kein Teufelsrochenfilet? Was ist passiert? Ist die Küche abgebrannt? Sind Sie bestohlen worden?«

Sofort ändert sich der überlegene Gesichtsausdruck des Mannes.

»Äh – nein«, stottert der arme Kerl. »Ist wohl keine Saison für Teufelsrochen.«

»Keine Saison?«, fahre ich ihn an. »Im Frühjahr ist *die* Teufelsrochensaison überhaupt.«

Langsam gefällt mir diese Rolle. Ich lege den Kopf zurück und starre die Stuckdecke an. Dann atme ich tief durch und sage: »Okay, dann bringen Sie mir den Krabbencocktail!«

Den geschockten Blick der Baronin ignoriere ich. Was hat sie denn? Ich halte mich doch nur an ihre Anweisungen.

Die Baronin bestellt einen Cappuccino und sieht dem Grafen tief in die Augen.

»Sie sehen genauso aus wie auf dem Foto«, sagt sie.

»Na ja, es war ja auch von mir«, stellt der Graf mit beeindruckender Logik fest.

»Was für ein Graf sind Sie noch mal?«, werfe ich gelangweilt ein und betrachte interessiert meine Fingernägel.

»Von Hochbuch«, knurrt der Mann in meine Richtung und wendet sich sofort wieder der Baronin zu.

»Komisch, mir fällt gar keine Familienähnlichkeit auf«, sage ich und betrachte eingehend das Gesicht des Mannes.

»Wieso?«, fragt der Graf hörbar beunruhigt. »Kennst du jemanden aus meiner Familie?«

»Meine Oma hat mit mir das frühere Jagdschloss der Hochbuchs im Schwarzwald besucht. Da war eine ganze Galerie voller Bilder von Ihren Ahnen.«

Mann, jetzt bin ich richtig in Schwung. Die Baronin starrt mich nur noch sprachlos an.

»Ich stamme einem weiter entfernten Zweig der Familie ab«, sagt er würdevoll.

»Ach, war Ihre Mutter etwa eine von und zu Lindenburg?«, steigt die Baronin auch endlich mit ein.

»Warum über Vergangenes reden?«, biegt der Graf das Thema ab. »Ich sitze hier einer interessanten und schönen Dame gegenüber, die ich gerne kennen lernen möchte. Was liegt da schon an meiner Familiengeschichte?«

Wenn die Baronin noch weiter schmilzt, werde ich sie bald vom Boden aufwischen müssen.

»Sie haben Recht«, lenkt sie prompt ein. »Lassen Sie uns über die Gegenwart reden.«

»Ja, was machen Sie beruflich?«, werfe ich blitzschnell ein.

Der Mann wirft auch was – nämlich mir einen bitterbösen Blick zu.

»Musst du nicht Hausaufgaben machen oder so?«, fragt er. »Ich bezahl dir ein Taxi nach Hause.«

»Benedikt ist aus einem ganz bestimmten Grund hier«, erklärt die Baronin. »Er verfügt über eine unglaublich gute Menschenkenntnis. Wenn er jemanden mag, dann kann ich sicher sein, dass dieser Jemand in Ordnung ist, verstehen Sie?«

Der Graf sieht mich verdutzt an. Ich grinse breit, entspanne meine Muskeln aber sofort wieder.

»Sehr weise, dass Sie ihn dann mitnehmen, Frau Baronin«, bemerkt der Graf. Er wendet sich an mich. »Du wirkst auch sehr viel – wie soll ich sagen? – entwickelter als andere Jungs deines Alters.«

Gott sei Dank wird gerade der Krabbencocktail

serviert, sonst hätte ich den Kerl jetzt zur Schnecke gemacht.

»Wenn du noch etwas willst, sag Bescheid«, fordert mich der Graf auf.

Ich setze eine Leidensmiene auf. »Ach, nachdem die kein Teufelsrochenfilet haben, ist der Tag für mich gelaufen.«

»Nicht doch!«, meint der Mann schnell. »Wir können doch woanders hingehen. Irgendein Restaurant in Hamburg führt diesen Fisch ganz bestimmt.«

»Warum sind wir dann nicht gleich in ein Restaurant gegangen?«, frage ich spitz.

»Gehst du gern zur Schule?«, lautet die Gegenfrage.

Guter Ablenkungsversuch! Aber nicht mit mir!

»Sind Sie verarmt?«, erkundige ich mich erbarmungslos.

Der Mann schüttelt langsam den Kopf.

»Also meine Oma ist ja mehr als reich«, bemerke ich. »Wie viele Häuser hast du jetzt, Oma?«

»Dreizehn?«, meint die Baronin schwach und nestelt an der weißen Tischdecke.

»Nein, es müssen mindestens fünfzehn sein«, verbessere ich sie.

Im Gegensatz zu mir scheint ihr die Sache nicht

allzu viel Spaß zu machen. Ich ertappe sie dabei, wie sie dem Grafen entschuldigende Blicke zuwirft.

»Ich habe nur vier Häuser«, krächzt der Graf kläglich.

»Liegt eines davon im Süden?«, erkundigt sich die Baronin. »Sie haben eine bemerkenswerte Bräune.«

Der Graf lacht. »Nein, nein. Ich verrate Ihnen ein Geheimnis: Ich gehe ins Sonnenstudio. In der Nähe des Kunstmuseums gibt es ein ganz tolles mit einem Superservice!«

»Apropos Service«, bemerke ich. »Ich bin längst fertig mit meinem Krabbencocktail. Warum kommt denn keiner der Kellner und fragt, ob ich noch was will?«

»Du willst doch gar nichts mehr«, brummt die Baronin und tritt mir auf die Zehen.

»Stimmt«, bestätige ich schnell und ziehe meinen Fuß unter den Stuhl in Sicherheit. »Aber ich würde jetzt gerne ins Kino gehen.«

»Gute Idee«, meint die Baronin.

»Finde ich auch«, stimmt der Graf zu.

Die beiden grinsen einander dämlich an. Ich winke den Kellner heran und deute unauffällig auf den Grafen. Der Kellner versteht sofort und legt ihm ein Silbertablett mit der Rechnung vor die Nase.

Der Graf schluckt beim Anblick der Rechnung, gibt dann aber auch noch ein ziemlich hohes Trinkgeld. Kein Wunder, er hat ja erst kürzlich fünfzigtausend Mark verdient.

»Hat mich gefreut, dich kennen zu lernen«, sagt der Graf draußen und gibt mir die Hand.

»Wie bitte? Ich dachte, wir gehen ins Kino«, erkläre ich verwirrt. »Ihr habt doch gesagt, das wäre eine gute Idee.«

»Das ist es auch«, sagt die Baronin nachdrücklich. »Du gehst ins Kino – wir nicht.«

Damit drehen sich die beiden um und marschieren davon. Ohne mich!

Jeder, der auch nur ein bisschen Menschenkenntnis hat, versteht diesen Wink mit dem Zaunpfahl: Sie wollen mich loswerden. Und jeder, der auch nur ein bisschen Taktgefühl hat, akzeptiert das.

Ich starre den beiden noch einen Augenblick lang nach. Dann fange ich an zu laufen.

»Hey, Oma! Warte auf mich!«

Kapitel 6

Einfach abgeschoben! Die wollten mich wirklich nicht dabeihaben. Versteh ich nicht. Dabei wollte ich dem Grafen gerade ein Friedensangebot machen! Ich hätte auf mein Teufelsrochenfilet verzichtet. Etwas Lachs hätt's auch getan.

Aber nein: Die Baronin ließ mich gar nicht erst zu Wort kommen. »Verschwinde, Benedikt!«, schnauzte sie mich an, als ich zwischen ihr und dem Grafen auftauchte.

Und all das, um mit einem Verbrecher allein zu sein. Hat sie denn nicht gemerkt, dass der Kerl ein Hochstapler ist? Das ist kein Graf, sondern ein Lügenbaron. Ein Schwindler ist das! Und noch nicht mal ein besonders gerissener.

Verdrossen trotte ich die Fußgängerzone entlang und trete ein paar Steine aus dem Weg.

Tolle Freundin, die Baronin, wirklich! Erst zwänge ich mich ihretwegen in diesen blöden Anzug, dann lässt sie kein einziges Haar auf meinem Kopf so stehen, wie es ist – und zum Dank lässt sie *mich* stehen.

»Hallo!«

O Mann! Verfolgt Lydia mich etwa? Egal wo ich hingehe – überall taucht sie auf.

Ich drehe mich zu ihr um.

»Was machst du denn hier?«, frage ich ziemlich unfreundlich.

Lydia steht nur da und starrt mich mit offenem Mund an.

»Komm, streng dich nicht an!«, sage ich schnell. »Ich hab jetzt echt keine Lust auf irgendwelche blöden Bemerkungen!«

»Ich – ich wollte doch gar nicht – also – äh –«

Seit wann stottert Lydia denn?

»Du trägst ja einen Anzug!«, stellt sie dann plötzlich fest.

Ich sehe an mir herunter.

»Sieht so aus«, sage ich.

»Sieht gut aus, so wie's aussieht«, sagt sie hochrot im Gesicht.

Sofort laufe ich auch rot an.

»Äh – danke«, meine ich verlegen.

»Schade, dass Bianca dich so nicht sieht, was?«, stellt Lydia grinsend fest.

»Wieso?«

Lydia begutachtet das Kopfsteinpflaster unter ihren Füßen.

»Nur so«, sagt sie dann leichthin.

Wir schweigen und vermeiden es, uns in die Augen zu sehen.

»Also – ich muss dann los«, erkläre ich schließlich.

»Mhm«, sagt Lydia. »Ich auch.«

Wir gehen beide los – in die gleiche Richtung! Mist, das hatte ich ja vollkommen vergessen. Wir wohnen nur fünf Minuten voneinander entfernt. Na, das kann ja heiter werden.

»Wie läuft's denn so mit dem Judounterricht?«, fragt Lydia.

»Geht so«, erkläre ich. Wieder sehe ich den dicken Rolf vor mir, wie er sich auf mich draufwälzt.

»Sind da eigentlich auch Mädchen dabei?«, fragt Lydia.

Ich denke nach.

»Nein, kein einziges. Warum, weiß ich auch nicht«, gebe ich zu.

»Wahrscheinlich, weil Mädchen noch ganz andere Waffen haben«, meint Lydia.

»Welche denn?«, frage ich verblüfft.

Sie streckt mir die Zunge raus. »Die hier zum Beispiel«, sagt sie grinsend.

Ich grinse zurück.

»Dann bräuchtest du ja schon fast einen Waffenschein«, stelle ich fest.

Lydia sieht wieder vor sich auf den Boden.

»Das ist doch nie so gemeint«, sagt sie leise.

»Was ist nicht wie gemeint?«

»Na, das ist eben so bei Jungs und Mädchen«, erklärt sie. »Also wenn ich dich auf den Arm nehme – das heißt nicht, dass ich dich nicht mag.«

Ich bleibe stehen und starre Lydia verblüfft an.

»Das heißt aber auch nicht, dass ich dich besonders mag«, fügt sie schnell hinzu.

Ich starre sie immer noch an.

»Ich hab ganz vergessen, dass ich meiner Mutter noch was mitbringen muss!«, ruft Lydia plötzlich und schlägt sich mit der Hand auf die Stirn. »Ciao! Bis morgen!«

Damit dreht sie sich um und verschwindet in der Richtung, aus der wir eben gekommen sind.

Sie mag mich, sie mag mich nicht – was soll das denn nun wieder heißen?

Und die Baronin läuft mit einem Kriminellen durch die Stadt.

Frauen! Die soll mal einer verstehen! Reicht es denn schon, dass man sich in einen Anzug zwängt, um ihnen den Kopf zu verdrehen?

Also wenn das so ist, dann trage ich von jetzt an nur noch Anzüge. Egal, wie sehr die jucken und kratzen.

Kapitel 7

Ich bin noch immer sauer auf die Baronin, weil sie mich gestern einfach so abgewimmelt hat. Heute in der Schule habe ich darüber nachgedacht, wie wir jetzt wohl weiter vorgehen sollen. Allerdings drängt sich mir so langsam der Verdacht auf, dass ich diesen Fall vielleicht alleine lösen muss.

»Von Stöver«, meldet sich die Baronin am Telefon.

»Hier spricht Benedikt«, sage ich so unfreundlich wie möglich. Soll sie doch ruhig merken, dass ich sauer bin.

»Was gibt's denn?«, fragt sie unfreundlich zurück.

»Einen Fall zu lösen, soviel ich weiß«, sage ich.

»Hör mal«, fängt sie an. »Wir waren auf der falschen Fährte. Der Graf ist nicht der, den wir suchen.«

»Hä? Sicher ist er das! Haben Sie nicht gemerkt, dass jedes dritte Wort von ihm eine Lüge war?«

»Aber dafür fand ich die Wörter dazwischen ziemlich nett«, gesteht sie. »Und natürlich weiß ich, dass er gelogen hat. Schließlich wollte er mich beeindrucken.«

Ich stöhne auf. So dumm kann die Baronin doch nicht sein. Nicht mal von ihrer liebsten Krimiautorin Agatha Christie lässt sie sich auf eine falsche Fährte locken. Und dann kommt da so ein Kerl aus dem Sonnenstudio und schon verliert sie total den Durchblick.

»Sie sind verknallt«, stelle ich nüchtern fest.

»Ach was!«, leugnet sie. »Ich finde ihn nur sympathisch.«

»Na gut. Dann arbeiten wir eben weiter an dem Fall. Kann ich vorbeikommen?«

»Das ist jetzt schlecht«, druckst die Baronin herum. »Ich muss ins Café Hartmann. Ich treffe mich da mit jemandem.«

»Dem Grafen?«

»Mhm.«

»Viel Spaß!«, sage ich böse und beende das Gespräch. Doch im nächsten Moment kommt mir eine Idee. Ich nehme das Telefon wieder zur Hand und wähle die nächste Nummer.

»Murat?«

»Alicia?«

»Nein, hier ist Benedikt. Klinge ich etwa wie ein Mädchen?«

»Jetzt, wo du's sagst …«

»Erwartest du etwa einen Anruf von Alicia?«, frage ich höchst verblüfft.

»Nein«, antwortet mein Freund unwirsch. »Ich fürchte ihn eher. Wie lange kann es dauern, bis ihr die Idee kommt, sich die zwei Mark zurückzuholen?«

»Wie: zurückholen?«

»Sie hat sie mir doch nur geliehen. Und ich hab die zwei Mark schon längst ausgegeben.«

»O Mann, hast du Sorgen! Verrate mir lieber, was du heute machst.«

»Keine Ahnung. Was mache ich denn heute?«

»Du kommst zu mir!«

»Wieso?«

»Weil wir einen Fall lösen müssen«, erkläre ich.

»Und die Baronin?«

»Vorübergehend außer Betrieb. Zumindest hoffe ich, dass es vorübergeht.«

»Kann ich auch Computer spielen?«, fragt Murat.

»Wenn es unbedingt sein muss …«

»Bin schon unterwegs!«

Nachdem ich aufgelegt habe, tigere ich in die Küche und hole ein paar Chips und eine Dose Cola. Meine Eltern sind einkaufen, also haben wir die Wohnung ganz für uns.

»Sturmfreie Bude?«, erkundigt sich Murat, als er fünf Minuten später zur Tür reinkommt.

»Ja, aber wir bleiben nicht hier«, erkläre ich kurz entschlossen.

»Spinnst du? Ich wollte doch Computer spielen!«

»Du kannst noch was viel Besseres spielen«, deute ich geheimnisvoll an. Mir ist nämlich kurz vor Murats Auftauchen ein Plan eingefallen. Der Baronin müssen unbedingt die Augen geöffnet werden. Und Murat ist genau der richtige Öffner!

»Wohin gehen wir denn?«, murrt er.

»Ins Café Hartmann.«

»Wer zahlt denn? Du oder du? Ich hab keinen Pfennig dabei!«

»Wir trinken dort nichts«, erkläre ich.

»Was ist denn mit dir los?«, fährt Murat auf. »Erst darf ich Computer spielen, dann doch nicht. Dann willst du in ein Café. Und dort darf ich nichts trinken. Was machen wir als Nächstes? Schwimmen gehen ohne Wasser?«

»Nein. Wir besuchen deinen adeligen Onkel«, grinse ich.

»Ich habe keinen Onkel, der im Café Hartmann arbeitet«, bemerkt Murat.

»Macht nichts. Er ist auch kein Adeliger.«

Eigentlich wundert es mich, dass Murat bei seinen hundert Onkeln überhaupt weiß, wo wer arbeitet.

»Und was soll das Ganze?«, fragt er misstrauisch.

»Es geht um unseren Fall«, erkläre ich. »Wie es aussieht, ist die Baronin drauf und dran, diesem Schwindler auf den Leim zu gehen.«

»Und was soll ich da machen?«

»Das, was du am besten kannst«, grinse ich. »Jemanden tierisch in Verlegenheit bringen.«

Kapitel 8

»Hey, Onkel!«, brüllt Murat und steuert auf den Tisch des Grafen und der Baronin zu.

Erst bemerken die beiden ihn gar nicht. Dann sieht die Baronin auf und erkennt Murat. Ihr Mund klappt auf und ihre Augen weiten sich vor Entsetzen. Sofort sieht sie sich im Lokal um, als suche sie jemanden. Ich weiß auch wen: mich! Aber ihre Adleraugen bleiben erfolglos. Ich bin einfach zu gut versteckt, und zwar zwischen zwei Mänteln in der Garderobe. Von hier aus habe ich einen ausgezeichneten Blick auf das ganze Café. Und trotzdem kann mich keiner sehen.

»Onkel!«, sagt Murat wieder.

Er steht jetzt direkt vor dem Grafen.

»Warum hast du dich denn nicht mehr gemeldet? Du wolltest doch mit mir ins Volksparkstadion gehen, wenn der HSV wieder ein großes Spiel hat.«

Der Graf starrt ihn kopfschüttelnd an. »Wer – wer bist du?«

»Murat«, sagt Murat scheinbar verwirrt. »Das weißt du doch. Du willst doch meine Tante Margarete heiraten!«

Die Baronin schlägt die Hand vor die Augen.

Ich kichere und beuge mich etwas weiter nach vorn, um besser hören zu können.

»Ich kenne dich nicht«, sagt der Graf und zupft nervös an seiner Krawatte herum.

»Was?« Sind das tatsächlich Tränen in Murats Augen? »Du hast mich vergessen? Nach all dem, was wir zusammen erlebt haben?«

Da durchbohrt ihn der Graf mit einem eisigen Blick und kreischt: »Verschwinde, du miese, kleine Ratte! Ich kenne keine Margarete!«

»Was wird denn Ihre Mutter dazu sagen, dass Sie so frech lügen?«, schreit Murat außer sich und deutet anklagend auf die Baronin.

O Gott! Kann Murat nicht die Klappe halten? Die Baronin sieht aus wie ein Tiger, der ihm gleich an die Gurgel springen wird.

»Deine Tante und ich sind nicht mehr zusammen«, stößt der Graf aufgeregt hervor.

Murat zieht eine Schnute. »Haben Sie eine andere? Tante Margarete hat schon so was vermutet. Wenn Sie wüssten, wie Sie sich wegen Ihnen die Augen aus dem Kopf weint!«

Ich schleiche mich hinter eine Säule, um die Szene noch besser beobachten zu können.

»Warum gehen wir nicht woanders hin?«, schlägt der Graf der Baronin vor.

Sie nickt und steht auf. Jetzt wird es für mich Zeit, zu handeln. Entschlossen trete ich hinter der Säule hervor.

»Hallo, Oma«, sage ich freundlich. »Und Graf von Hochbuch!«

Ich strecke ihm die Hand entgegen, die er mürrisch drückt.

Dann sehe ich Murat überrascht an.

»Ihr Sohn?«, erkundige ich mich höflich beim Grafen.

»Ein Irrer!«, ruft der genervt aus, indem er mit dem Finger anklagend auf meinen Freund deutet.

»Er hat meine Tante sitzen lassen«, erklärt Murat mir beleidigt.

»Tatsächlich? Ich kann mir kaum vorstellen, dass so ein netter Mann so etwas Böses tun würde«, sage ich.

»Danke!« Der Graf nickt mir freundlich zu.

»Bitte«, erwidere ich. »Ich wusste doch, dass Sie Frau Berensen nicht kennen. Und dass Sie ihr auch kein Geld abgeknöpft haben.«

Der Graf starrt mich mit offenem Mund an.

»Was wird hier eigentlich gespielt?«, faucht er uns plötzlich an.

»Sagen Sie uns doch, wie das Spiel heißt«, fordert Murat ihn auf. »Wie nennt man das, wenn man Frauen Geld wegnimmt und sie dann sitzen lässt?«

Das ganze Café glotzt uns jetzt an.

»Gebt's ihm!«, ruft uns eine hübsche Dame von einem der Nebentische zu.

Murat grinst sie an. »Machen wir!«

»Ihr könnt mir gar nichts beweisen!«, schreit der Graf, der nun komplett die Nerven verloren hat. »Ihr kleinen Hosenscheißer! Werdet erst mal trocken hinter den Ohren, ehe ihr euch in die Angelegenheiten Erwachsener einmischt!«

Damit fährt er herum, reißt die Hand der Baronin an seine Lippen, küsst sie und rennt aus dem Lokal.

Murat will ihm hinterherlaufen.

»Lass mal«, sagt die Baronin. »Ich weiß schon, wo wir den Kerl finden.«

Ich sehe sie prüfend an. Ist sie jetzt etwa wieder sie selbst? Sieht ganz so aus.

»Ich hatte Lachs mit Dillsoße und ein Glas Champagner«, erklärt sie uns vorwurfsvoll. »Konntet ihr mit eurer Show nicht warten, bis er die Rechnung bezahlt hat?«

Ja, kein Zweifel: Sie ist wieder ganz die Alte.

»Tut uns ja auch Leid«, erkläre ich wenig überzeugend. »Aber Sie waren nicht ansprechbar. Also mussten wir handeln. Jetzt wissen wir wenigstens, dass er der Richtige ist.«

»Das hatte ich auch gedacht«, sagt die Baronin wehmütig. »Aber so kann man sich täuschen.«

»Täuschen?« Murat versteht die Welt nicht mehr. »Er ist doch der Richtige.«

Typisch Murat! Er versteht ja nun wirklich gar nichts von Frauen. Irgendwie tut mir die Baronin ein bisschen Leid. Offenbar mochte sie diesen Betrüger wirklich gern.

Ob er sich auch ein bisschen in sie verliebt hat? Wahrscheinlich nicht. Vermutlich wollte er sie genau so abzocken wie Frau Berensen. Aber die Baronin wäre sicher nicht so dumm gewesen, ihm Geld zu geben. Was in erster Linie daran liegt, dass sie keines hat.

»Das Einzige, was ich geerbt habe, ist das *von* vor meinem Namen«, pflegt sie zu sagen. »Und das lässt sich nun mal leider nicht zu Geld machen.«

»Auftrag erledigt!«, sagt Murat und salutiert vor mir. »Brauchst du mich heute noch, um die Welt zu retten, oder kann ich jetzt endlich nach Hause gehen?«

»Ich dachte, du wolltest Computer spielen«, erinnere ich ihn.

»Nein, danke«, sagt Murat. »Ich habe heute eine arme Seele aus den Klauen des Teufels befreit. Das ist genug Action für einen Nachmittag.«

Er winkt der Baronin zu, nickt zu der hübschen Dame am Nebentisch hinüber und verzieht sich.

»Alles okay?«, frage ich die Baronin, als wir allein sind. Sie hat sich inzwischen wieder gesetzt.

»Natürlich«, sagt sie übertrieben gut gelaunt. Dann seufzt sie. »Ich wollte einfach nicht, dass er der Schwindler ist.«

Ich nicke.

»Hab ich mich sehr blöd benommen?«, fragt sie.

Ich nicke wieder.

»Verzeihst du mir noch mal?«, bittet die Baronin.

Ich nicke zum dritten Mal. »Tja, Baronin, Enkel sind ja nicht nachtragend ...«

Kapitel 9

»Wir müssen uns auf das konzentrieren, was er uns erzählt hat«, erklärt die Baronin und trinkt einen Schluck Tee. Wir sitzen auf der grünen Couch in ihrem Wohnzimmer und genießen die Ruhe am Sonntagmorgen.

»Der Kerl hat doch ständig gelogen«, gebe ich zu bedenken.

»Nein, nicht ständig. Es gab zwei Sachen, die vermutlich der Wahrheit entsprechen. Er sagte, er könne nicht Auto fahren und er gehe öfter ins Sonnenstudio. Er hatte keinen Grund, dabei zu lügen«, meint sie bestimmt.

»Warum nicht? Wenn er sonst doch auch –«

»Seine Lügen hatten immer einen Sinn«, unterbricht sie mich. »Zum einen wollte er nicht, dass wir erfahren, wer er wirklich ist. Und zum anderen wollte er sich selbst in einem möglichst guten Licht darstellen. Und das mit dem Sonnenstudio würde kaum ein Mann zugeben«, erklärt die Baronin.

Hm, stimmt. *Ich* würde das zumindest nicht zugeben. Sonnenstudio ist doch was für Mädchen! Oder etwa nicht? Irgendwie bin ich mir nicht mehr ganz so sicher, was etwas für Mädchen ist und was nicht. Vor ein paar Tagen habe ich ja noch gedacht, ich wäre nichts für Mädchen. Aber heute in der Schule haben mich sowohl Lydia als auch Bianca immer wieder angelächelt. Vielleicht mögen mich die beiden ja doch.

Vielleicht hatte ich aber auch nur wieder einen von Murats Zetteln auf dem Rücken kleben: *Bitte treten, damit ich in Gang komme!*

»Dass er kein Auto hat, bringt uns nicht weiter«, fährt die Baronin fort. »Aber dass er ins Sonnenstudio geht, schon. Weißt du noch? Er hat unvorsichtigerweise gesagt, in welches er am liebsten geht. Es soll in der Nähe des Kunstmuseums sein.« Die Baronin grinst böse. »Und da kriegen wir den Lump!«

Sie steht von ihrem Lesesessel auf und holt sich die *Gelben Seiten*, die neben dem Telefon liegen. Dann setzt sie sich wieder und beginnt darin herumzublättern.

»Ha«, schreit sie kurze Zeit später auf. »Da kommt nur das eine in Frage: *Studio Sonnenanbeter.* Sehr originell.«

»Und wann wollen wir dort hingehen?«, frage ich.

»Wann wohl?«, fragt sie zurück. »Jetzt sofort!«

»Warum denn?«, protestiere ich. »Wir wissen doch gar nicht, wann er da ist!«

»Doch – wissen wir: Er geht mittwochs und sonntags ins Sonnenstudio. Heute ist Sonntag. Also los!«, befiehlt sie.

»Nehmen wir Murat mit?«, schlage ich vor.

»Nein, das schaffen wir auch allein.«

Es schmeckt der Baronin nicht, dass Murat uns ab und zu bei unseren Fällen hilft. Leider musste sie schon öfter einsehen, dass er auf seine Art manchmal sehr nützlich sein kann.

»Ich muss noch mal telefonieren«, erkläre ich. Mir ist da plötzlich eine Idee gekommen, die ich aber lieber für mich behalten möchte.

»Na gut«, schnauft die Baronin. »Aber beeil dich!«

Das tue ich auch. Ich sage nur meinem Vater Bescheid, wo wir hinwollen. Erstens sollte man als braver Sohn seine Eltern darüber immer auf dem Laufenden halten. Und zweitens gibt es noch einen anderen Grund dafür, dass ich meinen Vater angerufen habe.

Darüber rede ich mit der Baronin allerdings noch nicht. Sie hat es verdient, dass ich sie noch etwas zappeln lasse. Wenn sie meint, dass uns der Hinweis mit dem Auto nicht weiterhilft – bitte! Ich halte ihn sogar für sehr hilfreich.

Zwei Minuten später sind wir unterwegs in Richtung Kunstmuseum.

Das Studio sieht nicht so luxuriös aus, wie ich es mir vorgestellt habe. Wenn ich auf einen Schlag fünfzigtausend Mark verdient hätte, würde ich in ganz andere Schuppen gehen.

Ich betrete den Laden nach der Baronin. Sie geht sofort auf die Dame an der Rezeption zu und grüßt freundlich. Auf dem Namensschild der Frau steht *Marianne.*

»Hören Sie«, fängt die Baronin an. »Ich möchte Sie bitten, dass Sie uns bei einem kleinen Überfall unterstützen.«

Moment mal! Hat die Baronin einen Knall? Wir wollten der Frau doch gar nicht erzählen, was wir wirklich vorhaben.

»Ein Überfall?«, wiederholt die reichlich verdattert.

Die Baronin kichert. »Mein Sohn ist bei Ihnen Stammgast. Vielleicht wissen Sie, wen ich meine? Er ist groß, sportlich, hat dunkles Haar und graue Schläfen.«

»Herr Kaiser?«

Die Baronin sieht mich fragend an. Ich nicke unmerklich. Ja, Kaiser ist bestimmt der richtige falsche Name, den sich der Schwindler für seine Solariumbesuche ausgesucht hat. Immerhin klingt er fast so adelig wie *Graf von Hochbuch*.

»Ja, genau den«, bestätigt die Baronin.

»Natürlich kenne ich den!«, sagt die Rezeptionistin sofort. »Ein sehr netter Herr!«

»Danke«, grinst die Baronin. »Also das hier ist sein Sohn.« Sie schiebt mich vor die Frau. »Und ich bin seine Oma. Mein Junge hat heute Geburtstag – also Herr Kaiser. Und da wollen wir ihn überraschen.«

»Ach, das ist aber nett. Er müsste in etwa zehn Minuten kommen. Wollen Sie in seiner Kabine auf ihn warten?«, fragt die Dame freundlich.

Die Baronin und ich nicken eifrig.

»Ja, das wäre echt toll!«, rufe ich begeistert aus. »Wo ist die denn?«

Die Dame zeigt den Gang hinunter. »Dritte Tür rechts, Kabine Nummer zwölf.«

»Noch was«, sagt die Baronin verschwörerisch. »Sie dürfen ihm auf keinen Fall zum Geburtstag gratulieren. Sonst weiß er, dass wir da sind!«

Die Dame nickt lächelnd und wir marschieren zur Kabine. Das war ja viel leichter, als wir gedacht hatten. Für den Fall des Falles hätte ich nämlich auch noch anfangen sollen zu heulen.

»Wie sieht der weitere Plan aus?«, frage ich die Baronin, nachdem wir die Tür zugemacht haben.

Sie schaut sich in der Kabine um. Gegenüber der Tür steht das Solarium. In einer Ecke ist ein Wandschirm und in einer anderen ein Sessel.

Die Baronin stellt sich hinter den Wandschirm.

»Siehst du mich von der Tür aus?«, fragt sie.

»Nein.«

Sofort kommt ihre Hand hinter dem Schirm heraus und zieht mich zu sich.

»Gut! Und jetzt halten wir die Klappe, kapiert?«, kommandiert sie. »Wenn er reinkommt, musst du sofort zur Tür springen und sie absperren.«

»Äh – Baronin?«

»Siehe Punkt eins!«, bellt sie. »Klappe halten!«

»Ja, aber da ist –«

»Klappe!«

Wir warten. Und warten. Und warten. Ich überlege sogar schon, das Solarium mal auszuprobieren, bis der Kerl kommt.

Doch plötzlich hören wir das Geräusch von Schuhen auf dem Gang. Die Tür wird geöffnet, ich stürze vor und schließe sie ab. Gleichzeitig springt die Baronin hinter dem Wandschirm hervor, bedroht den Mann mit ihrem Regenschirm und schreit: »Keine Bewegung! Wir haben dich, du Gauner!«

»Aaaaaahhhhh!«, brüllt der Mann, der leider der falsche ist. Er sieht zwar unserem Schwindler ähnlich, aber nur ganz entfernt.

»Herr Kaiser?«, fährt ihn die Baronin forsch an.

Der Mann nickt.

»FBI!« Die Baronin zückt ihren Büchereiausweis und wedelt damit in der Luft herum. »Wir suchen einen Mörder. Der nicht hier ist. Nicht Sie, einen anderen. Also, ich meine einen – einen echten Verbrecher, Sie verstehen? Also kein Wort zu niemandem! Auf Wiedersehen!«

Sie nestelt an der Tür, schiebt den Riegel auf und zieht mich mit sich nach draußen. Als die Tür hinter uns zu ist, atmen wir beide erleichtert auf und sehen uns in die Augen. Wir prusten gleichzeitig los.

»Gott sei Dank hatte er noch nicht angefangen sich auszuziehen«, lacht die Baronin.

»Was machen wir denn jetzt?«, frage ich, nachdem wir uns wieder beruhigt haben. »Wir können wohl kaum noch mal zur Rezeption gehen. Die wird sich sicher wundern, warum wir den Namen meines Vaters und Ihres Sohnes nicht kennen.«

»Hm. Vielleicht gibt's eine andere Möglichkeit«, überlegt die Baronin.

Wir schleichen uns den Gang entlang und bleiben vor der Ecke zur Rezeption stehen. Jetzt heißt es wieder warten. Zum Glück dauert es nicht allzu lange, bis wir eine vertraute Stimme hören.

»Gott zum Gruße, Mariannchen!«, flötet der falsche Graf honigsüß. »Ist meine Kabine frei?«

Mariannchen kichert. »Aber natürlich, Herr Kraus. Nummer zwei, wie immer.«

Sofort laufen die Baronin und ich auf Zehenspitzen zu Kabine Nummer zwei und verziehen uns wieder hinter den Wandschirm.

Offenbar lässt sich Herr Kraus noch Zeit, um mit der Rezeptionsdame zu flirten.

Ich nehme einen neuen Anlauf, um der Baronin etwas zu sagen.

»Äh – was ich vorhin schon –«

»Pscht!«, würgt sie mich ab. »Er kommt jeden Moment hier rein!«

Sie hat Recht: Zwei Sekunden später geht die Tür auf. Ich luge erst vorsichtig hinter dem Wandschirm hervor um sicherzugehen, dass wir diesmal den Richtigen überfallen. Dann springe ich auf die Tür zu und schiebe den Riegel vor.

Der Mann erschrickt und starrt mich an.

»Was machst du denn hier?«, schreit er. Besonders ängstlich wirkt er dabei aber nicht.

»Das Gleiche wie ich!«, sagt die Baronin gelassen und tritt hinter dem Wandschirm hervor.

Der Kerl zuckt zusammen.

»Baronin! Sie hier?«, meint er überrascht.

»Ja, ich bin hier«, sagt sie. »Und eine Baronin bin ich auch. Im Gegensatz zu Ihnen gehöre ich nämlich wirklich zum Adel. Ich nehme an, Kraus ist Ihr richtiger Name.«

»Sie können mir nichts nachweisen«, grummelt er. »Jeder schwindelt ein bisschen, wenn er jemanden beeindrucken will.«

»Aber nicht jeder nimmt einer Friseurin fünfzigtausend Mark ab, oder?«, mische ich mich ein.

Herr Kraus dreht seine Hosentaschen nach außen.

»Siehst du hier irgendwo fünfzigtausend Mark?«, fragt er lauernd.

»Vielleicht hat die Polizei bessere Augen als wir«, wirft die Baronin ein. »Frau Berensen hat lange genug geschwiegen. Jetzt hat sie die Polizei alarmiert.« Sie schaut auf ihre Armbanduhr. »Die müssten eigentlich gleich da sein.«

Eine Sekunde steht Herr Kraus reglos da. Dann ist er mit einem Satz bei der Tür, stößt mich zu Boden und schiebt den Riegel auf.

»Hinterher!«, brüllt die Baronin.

Ich rapple mich auf und klopfe meine Hose sauber.

»Nicht nötig!«, versuche ich die Baronin zu beruhigen. »Der kommt nicht weit.«

Sie glotzt mich entgeistert an.

»Sie haben heute zwei Fehler gemacht«, erkläre ich.

»Jetzt ist keine Zeit zum Quatschen!«, schimpft sie. »Er haut ab!«

»Erstens«, fahre ich seelenruhig fort, »haben Sie mich nicht ausreden lassen, als ich Ihnen vorhin was sagen wollte.«

»Und was war das?«, fragt sie genervt.

»Dass man hier die Türen nicht mit einem Schlüssel

versperrt, den man abziehen kann, sondern mit einem Riegel. Und dass niemand den Kerl daran hindern kann, den Riegel wieder aufzumachen und abzuhauen.«

Die Baronin schlägt sich mit der Hand auf die Stirn.

»Und Punkt zwei: Sie dachten, es wäre belanglos, dass unser Verdächtiger kein Auto hat. Aber da irren Sie sich. Denn das bedeutet, dass er entweder öffentliche Verkehrsmittel benutzen oder ein Taxi nehmen muss.«

»Na und?«, fragt die Baronin ungeduldig.

Es gefällt mir, sie auf die Folter zu spannen.

»Na ja, bei seinem Lebensstil würde ich darauf wetten, dass er lieber Taxi fährt.«

Ich nehme die Baronin an der Hand und führe sie zur Rezeption. Dort ist unser erstes Opfer, Herr Kaiser, eben damit beschäftigt, eine Beschwerde zu formulieren.

»Schreiben Sie: Die beiden Schläger bedrohten mich mit großkalibrigen Handfeuerwaffen«, hören wir ihn fantasieren, während wir hinter seinem Rücken das Sonnenstudio verlassen.

Dann sind wir aus der Tür und sehen uns einem Taxi gegenüber. Am Steuer sitzt niemand, aber auf dem Rücksitz bemüht sich ein ziemlich verzweifelt aussehender falscher Adeliger die Türen aufzukriegen.

»Wie geht's?«, begrüßt mich mein Vater.

Er lehnt an der Beifahrertür und spielt lässig mit dem Autoschlüssel.

Die Baronin blickt vom Grafen zu meinem Vater und dann zu mir. Damit hat sie sicher nicht gerechnet.

»Wie – wie hast du nur –«, stammelt sie.

»Mein Junge hat mich vorhin angerufen und gebeten, dass ich hier einen Fahrgast aufnehme«, erklärt mein Vater. »Und dass ich den Gast nicht dorthin fahre, wohin er gerne möchte.« Er wirft mir einen fragenden Blick zu. »Ich hoffe, das ist legal.«

Ich nicke. Dann deute ich auf den Kerl im Auto. »Nur der ist nicht legal.«

»Ein Killer?«, erkundigt sich mein Vater.

Die Baronin winkt ab. »Nein, das ist doch nur ein kleiner Fisch.«

»Genau«, sagt mein Vater grinsend. »Eine Sardine in der Dose.«

Kapitel 10

»Ich hoffe, Sie riskieren dadurch nicht Ihren Job«, sagt die Baronin mit besorgter Miene zu meinem Vater.

»Wieso? Die Uhr läuft und ich habe einen Fahrgast. Ich sorg schon dafür, dass er bezahlt.«

Damit geht er ein paar Schritte vom Auto weg und zündet sich eine Zigarette an.

Diesmal werde ich ihn nicht bei meiner Mama verpetzen, obwohl er eigentlich vor zwei Monaten aufgehört hat zu rauchen.

Der Typ im Taxi fängt hingegen gerade erst an zu rauchen – vor Wut nämlich. Zumindest ist er so rot im Gesicht, als würde er brennen. Langsam nähern die Baronin und ich uns dem Wagen. Herr Kraus hat inzwischen bemerkt, dass er aus dem Auto nicht herauskommt, und sitzt ruhig auf der Rückbank.

Mein Vater war so rücksichtsvoll, eines der hinteren Fenster einen Spaltbreit offen zu lassen.

Die Baronin beugt sich zu dem Spalt hinunter.

»Und jetzt, Sie Schlauberger?«, fährt sie Herrn Kraus an.

»Sie können mich mal!«, brüllt der Typ. »Ich sage kein Wort mehr ohne meinen Anwalt!«

»Das ist aber schade«, bedaure ich. »Ich frage mich, ob man einen Weihnachtsbaum ins Auto kriegt. Denn wenn Sie nicht reden, werden Sie dieses Fest da drin feiern müssen. Wir lassen Sie erst frei, wenn Sie mit dem Geld rausgerückt sind.«

Auf einen Schlag wird der Mann kreidebleich. »Seid ihr verrückt? Ihr könnt mich nicht hier einsperren!«

»Aber das tun wir doch gar nicht«, erklärt die Baronin in unschuldigem Ton. »Der Wagen hat nur eine Panne. Da können wir auch nichts machen.«

Er rüttelt wieder an den Türen.

»Hey, wenn Sie was kaputtmachen, müssen Sie's auch bezahlen!«, warnt ihn mein Vater.

Herr Kraus hört sofort wieder auf. Er krümmt sich auf dem Rücksitz zusammen und fängt an zu wimmern.

»Ich wollte doch niemandem wehtun«, beteuert er.

»Ich wollte all diese einsamen Frauen nur glücklich machen.«

»Verstehe!« Die Baronin ist stinksauer. »Sie dachten, weil Geld nicht glücklich macht, nehmen Sie es ihnen am besten weg, stimmt's?«

»Das war doch nur so eine Art Honorar!«, behauptet der Kerl doch allen Ernstes. »Wissen Sie, wie schwierig es ist, einen unglücklichen Menschen zum Lachen zu bringen? Das habe ich getan! Und dafür wurde ich dann halt bezahlt.«

»Also die Frau, die ich kennen gelernt habe, hat nicht gelacht, sondern geheult!«, bemerke ich trocken.

»Welche denn?«, schnieft Herr Kraus.

»Wie viele waren es denn?«, fragt die Baronin zurück.

Der Mann stutzt. »Ich sage gar nichts mehr!«, stellt er entschlossen fest und verschränkt die Arme.

»Okay, dann rufe ich jetzt Frau Berensen an«, verkündet die Baronin und zückt ihr Handy. »Wenn wir die zu Ihnen ins Auto lassen, wird sie garantiert mit Ihnen Schlitten fahren, dass Ihnen Hören und Sehen vergeht.«

Alarmiert blickt Herr Kraus auf. »Und – und wenn sie ihre Scheren mitbringt?«

»Dann wird es sicher nicht lustig für Sie«, antwortet die Baronin. »Nun fangen Sie schon an zu reden!«

Der Schwindler atmet tief durch. »Okay, was wollen Sie wissen?«

»Wo ist das Geld?«, fragen die Baronin und ich im Chor.

»In meiner Wohnung.«

»Die Schlüssel!«, verlangt die Baronin.

Herr Kraus zögert ein wenig, bevor er den Schlüssel aus seiner Tasche holt und durchs Fenster reicht.

»Tun Sie mir einen Gefallen?«, fragt er. »Füttern Sie doch bitte meine Katze! Die braucht unbedingt was zu fressen.«

»Das kriegt sie auch!«, verspricht ihm die Baronin. »Heute jedenfalls. Aber in den nächsten zehn Jahren muss sie jemand anderer füttern. So lange werden Sie nämlich im Knast sitzen!«

Kapitel 11

Also Geschmack hat er ja, der falsche Graf …

Die Baronin und ich betreten eben seine Wohnung in der obersten Etage eines dreistöckigen Mietshauses. Anscheinend hat der Schwindler einen Großteil des erbeuteten Geldes in seine Möbel gesteckt.

Wir gehen den Flur entlang an mehreren Türen vorbei und in ein riesiges Wohnzimmer mit fünf Fenstern. Neugierig schauen wir uns um. An der einen Wand prangt ein goldenes Sofa mit Dutzenden von Kissen in allen Formen, Farben und Größen. Davor steht ein Couchtisch mit einer Glasplatte, die auf einem seltsamen Metallgestell ruht. Zwei Fernsehsessel hängen an Seilen von der Decke.

Sofort laufe ich auf einen davon zu und schaukle ein bisschen herum. Das trägt mir allerdings nur einen strafenden Blick der Baronin ein.

»Runter da!«, faucht sie mich an. »Wir haben zu tun!«

Ich stehe wieder auf und fange an in dem alten Schreibtisch am Fenster rumzustöbern. Bereits nach wenigen Sekunden mache ich eine wichtige Entdeckung.

»Das ist ja seine Geburtsurkunde!«, rufe ich überrascht aus.

Die Baronin stellt sich neben mich.

»Nikolaus Kraus«, liest die Baronin und grinst. »Toller Name! Mal sehen, wie alt er ist.« Total baff liest sie sein Geburtsdatum. »Was? Der Kerl ist schon zweiundsechzig?«

»Wahnsinn! Schon so alt!«

Die Baronin schlägt mir halb scherzhaft mit der flachen Hand auf den Hinterkopf.

»Los, weitersuchen!«, meint sie barsch. Dann dreht sie sich um und verschwindet durch eine Tür auf der anderen Seite des Wohnzimmers.

»Na komm, Kätzchen, komm, komm, komm!«, höre ich sie rufen.

Ich krame inzwischen weiter im Schreibtisch herum. Da blubbert es plötzlich direkt am Fenster. Ich gehe hin und ziehe einen der Vorhänge zur Seite.

Nicht zu fassen! Vor mir steht das größte Aquarium,

das ich je gesehen habe. Fasziniert betrachte ich die Fische. Die schillern ja in allen Farben.

Weil das Aquarium direkt vor dem Fenster steht, sieht man dahinter die Häuser und den Himmel über der Stadt. Es sieht aus, als wäre Hamburg versunken und läge jetzt am Meeresgrund. Interessiert beobachte ich den Boden des Aquariums. Da ist eine kleine Landschaft aufgebaut. Mit bunten Wasserpflanzen, einem Plastikschloss und einer kleinen Schatztruhe.

Moment mal! Da gab's doch mal einen Krimi im Fernsehen, in dem der Verbrecher Diamanten in einer Schatztruhe am Grund des Aquariums versteckt hatte!

Ob Herr Kraus und ich eine Vorliebe für die gleichen Filme haben? Hm, mal sehen ...

Kurz entschlossen kremple ich meinen rechten Ärmel hoch und will eben ins Aquarium fassen, als ich erschrocken zurückzucke. Noch einmal betrachte ich alle Fische eingehend. Wie sehen eigentlich Piranhas aus?

Da entdecke ich über dem Aquarium ein kleines Netz. Mein Problem ist gelöst. Sofort fische ich nach der Schatztruhe. Die Baronin wird staunen, wenn sie von ihrer Katzenfütterung zurückkommt und ich das Geld gefunden habe.

Die Fische weichen dem Netz aus und verziehen sich hinter die Wasserpflanzen.

Jetzt hab ich sie! Vorsichtig ziehe ich das Netz mit der Schatztruhe heraus. Ups! Den kleinen blauen Fisch wollte ich eigentlich nicht fangen. Also zurück mit ihm ins Wasser. Sehr genießbar sah er nicht gerade aus. Obwohl – mit Ketchup schmeckt mir so ziemlich alles.

Neugierig öffne ich das kleine Kästchen und finde – nichts!

»Benedikt! Hör auf die Fische zu ärgern!« Die Baronin kommt eben ins Wohnzimmer und hält etwas kleines Schwarzes in der Hand. »Sieh dir lieber mal an, was ich entdeckt habe!«

Ich lasse das Kästchen wieder ins Wasser gleiten.

Inzwischen blättert die Baronin in dem kleinen schwarzen Ding. Es ist wohl so was wie ein Buch in Miniformat.

»Agathe, Andrea, Annabelle, Anneliese«, liest sie vor. Dann blättert sie ein paar Seiten weiter. »Margot, Michaela, Michelle, Meike, Miriam.« Sie runzelt die Stirn. »Das ganze Buch ist voll mit Frauennamen und Summen. Wann hat der Kerl angefangen zu arbeiten? Mit zwölf?«

Ich nehme ihr das Buch aus der Hand und blättere selbst ein bisschen darin herum. Da stehen wirklich immer Geldbeträge hinter den Namen. Aber sie sind selten so hoch wie bei Frau Berensen. Die steht auch drin – mit dem Vermerk DM 50 000,–.

»Anscheinend war er auch im Ausland tätig«, sage ich. »Da stehen nicht nur Mark, sondern auch Franc, Schilling, Pfund und Franken drin.«

»Was denkst du, wie viele Namen das sind?«

Ich zähle die voll geschriebenen Seiten in dem Buch und multipliziere sie mit der Anzahl der Namen, die auf eine Seite passen. Verblüfft blicke ich auf.

»Vierzig und ein paar Zerquetschte«, lautet mein Ergebnis.

»Zerquetscht haben sie sich vermutlich alle gefühlt, nachdem sie dem Typen auf den Leim gegangen waren.« Die Baronin atmet tief durch. Dann nimmt sie mir das Buch aus der Hand und steckt es in die Jackentasche.

»Wo ist die Geburtsurkunde?«, fragt sie mich.

Ich hole sie aus dem Schreibtisch und überreiche sie ihr.

»Was wollen Sie denn mit den Sachen?«, erkundige ich mich. »Wir wissen doch nicht mal, ob eine der

Frauen Anzeige erstattet hat. Vielleicht sind sie alle wie Frau Berensen.«

»Egal. Das Büchlein hier geht zusammen mit der Geburtsurkunde und dem Foto, das er mir geschickt hat, am Montag zur Polizei. Sollen die doch zur Abwechslung auch mal was tun.«

»Und was ist mit dem Geld?«

»Ach ja! Also wieder an die Arbeit, mein Junge!«

Ich suche im Wohnzimmer weiter, während sich die Baronin in den anderen Räumen umsieht.

Verdammt, ich habe keine Ahnung, wo der Typ das Geld versteckt haben könnte. Allzu lange kann ihn mein Vater bestimmt nicht mehr festhalten. Vermutlich verpasst er ihm gerade eine nette, kleine Stadtrundfahrt.

Ich nehme eines der Bilder von den Wänden. Nein, kein Safe dahinter. Aber da sind noch fünf weitere Bilder. Und noch mal vier Fehlanzeigen. Das letzte Bild hängt neben einem Bücherregal. Ich gehe darauf zu und strecke die Arme aus.

In diesem Moment werde ich von einem Monster angegriffen. Fauchend und kratzend springt es vom Regal auf meinen Rücken. Ich werfe mich instinktiv zu Boden und wälze mich schreiend herum.

»Gratuliere!«, ruft die Baronin begeistert aus, als sie ins Wohnzimmer stürzt. »Du hast endlich die Katze gefunden!«

Ich rapple mich auf und werfe einen Blick auf das schwarze Fellknäuel, das eben beleidigt seine Pfoten leckt. Mann, was für eine riesige Perserkatze!

»Tut mir Leid, dass ich deine schönen Krallen schmutzig gemacht habe«, sage ich giftig. »Blut geht sicher schwer raus.«

»Und das Geld!«, brüllt die Baronin. »Du hast die Katze und das Geld gefunden!«

Ich sehe mich um. Nein, da ist kein Safe in der Wand. Das Bild, das dort gehangen hat, liegt neben mir auf dem Boden.

Ach du lieber Himmel! Da kleben ja lauter Geldbündel auf der Rückseite.

»Gut gemacht!«, sagt die Baronin anerkennend und klopft mir auf die Schulter.

Ich zucke schreiend zusammen.

»Die verdammte Katze hat mir fast die Haut abgezogen«, jammere ich.

Die Baronin reißt die Geldbündel von dem Bild ab und meint grinsend: »Aber das hier ist doch ein schönes Trostpflaster, oder?«

Kapitel 12

»**Ist sie denn** nicht im Salon?«, frage ich die Baronin, als wir vor Frau Berensens Haus ankommen.

»Friseure arbeiten nicht am Montag«, sagt die Baronin und nestelt wieder in ihrer Manteltasche herum.

Da sind exakt fünfzigtausend Mark drin. Und darum war die Baronin auf dem Weg hierher auch so nervös.

»Stell dir vor, wir werden ausgeraubt«, meinte sie immer wieder. »Was gäbe das für eine Schlagzeile! Gestohlenes Geld geraubt – na toll!«

»Dann sind Sie also heilfroh, dass Sie es gleich los sind!«

»Äh – natürlich«, erklärte sie nicht sonderlich überzeugend.

Offenbar fällt es ihr alles andere als leicht, sich von

dem Geld zu trennen. Das ist wohl auch der Grund dafür, dass wir jetzt schon seit zwei Minuten vor Frau Berensens Haus stehen und noch immer nicht geklingelt haben.

Endlich streckt die Baronin die Hand nach dem Knopf aus. Dann zögert sie aber und sieht mich an.

»Letzte Chance«, murmelt sie. »Brasilien? Jamaika? Hawaii? Oder einfach nur Sizilien?«

»Baronin!« Ich durchbohre sie mit einem empörten Blick. »Das ist nicht unser Geld!«

Seufzend drückt sie auf die Klingel.

Kurz darauf stehen wir vor Frau Berensens Wohnungstür im ersten Stock.

»Was machen Sie denn hier?«, begrüßt sie uns erstaunt. »Ich arbeite heute nicht. Und zu Hause schon gar nicht.«

»Das wissen wir«, entgegnet die Baronin freundlich. »Es gibt trotzdem einen guten Grund, uns hereinzubitten. Genauer gesagt: fünfzigtausend gute Gründe.«

Frau Berensen nickt und führt uns in ihr Wohnzimmer. Sie hat fast so viele Bücher wie die Baronin. Aber leider nicht ganz so gute Manieren. Wir werden weder aufgefordert uns zu setzen noch bietet sie uns was zu trinken an.

»Also, was haben Sie mir zu sagen?«, fragt Frau Berensen die Baronin. Mich beachtet sie erst gar nicht. Tja, ich bin ja auch nur ein Kind. Blöde Kuh! Langsam kann ich mich doch für Hawaii erwärmen. Wäre doch nicht schlecht: nie wieder dunkle Wolken, aus denen es ständig schüttet …

In diesem Augenblick fängt es auch hier im Wohnzimmer an zu regnen, allerdings Banknoten. Die Baronin hat in ihre Manteltasche gegriffen und die Geldbündel herausgezogen. Jetzt lässt sie einen nach dem anderen aufs Sofa fallen.

»Alles da«, sagt sie zu der total verdatterten Friseurin. »Sie können nachzählen.«

Frau Berensen starrt ungläubig die Bündel an und dann wieder uns und dann wieder die Bündel.

»Wo – wie – wann – was – wer?«, stottert sie und kriegt den Mund vor lauter Staunen nicht mehr zu.

»Wir haben Ihren Kurt gefunden«, erklärt die Baronin. »Und er war so freundlich, uns Ihr Geld zurückzugeben. Hier ist es jetzt also.«

Sehr begeistert sieht die Dame ja nicht aus. Sogar ich habe mich mehr gefreut, als wir das Geld gefunden hatten. Dabei ist es gar nicht meines.

»Das war sehr nett von Ihnen«, sagt Frau Berensen

langsam. »Aber Sie hätten sich da nicht einmischen sollen.«

»Wie: nicht einmischen?« Über das Gesicht der Baronin huscht ein ungemütliches Grinsen. »Sind Sie denn gar nicht froh, dass Sie das Geld zurückhaben? Wenn das so ist, können wir es auch gern wieder mitnehmen.«

Blitzschnell stürzt Frau Berensen auf das Sofa zu und umarmt die Bündel.

»Nein, nein!«, beschwört sie uns. »Das Geld bleibt hier. Natürlich freue ich mich. Es ist nur – na ja – ich hatte einfach nicht damit gerechnet. Und jetzt – jetzt bin ich sprachlos.«

Sie versucht zu lächeln, aber es wirkt nicht sehr fröhlich. Die Baronin will etwas sagen, als im Nebenzimmer das Telefon klingelt. Zögernd steht die Friseurin auf und wirft noch einen Blick auf die Banknoten.

»Bin gleich wieder da«, sagt sie und eilt hinaus.

»Was ist denn mit der los?«, frage ich die Baronin, sobald wir allein sind.

Die Baronin starrt einen Augenblick vor sich hin. »Wahrscheinlich hat sie der Verlust des Geldes weniger traurig gemacht als der Verlust ihrer großen Liebe«, vermutet sie. »Eben ist ihr wohl klar geworden, dass sie lieber Kurt zurückhätte als das Geld.«

»Oder es steckt noch was ganz anderes dahinter«, flüstere ich aufgeregt.

»Ach, Benedikt! Was soll denn schon groß dahinter stecken? Nicht jeder hat eine Leiche im Keller, weißt du?«

»Ich dachte gar nicht an Leichen, sondern an Kundinnen, die tausend Mark für einen Haarschnitt bezahlen.«

»Vergiss doch endlich diesen Quatsch!«, fordert mich die Baronin auf. »Du hast dich verguckt!«

»Ja, in Bianca!«, gestehe ich und werde dabei knallrot. »Aber das ist eine ganz andere Geschichte.«

Die Baronin hat mir gar nicht zugehört, weil sie in den Anblick der Bücher versunken ist. Langsam steht sie auf und nimmt die Buchrücken näher unter die Lupe.

»Hab ich!«, sagt sie leise, während sie die Wand abschreitet. »Kenn ich! Hab ich! Hab ich! Kenn ich! Hab ich!«

So geht das ununterbrochen, während sie ein Regal nach dem anderen mustert. Dann ruft sie plötzlich hocherfreut: »Oh – da ist ein Krimi, den ich noch gar nicht kenne!« Sie zieht das Buch aus dem Regal und blättert darin herum. »Ob sie mir den mal leihen könnte?« Sie schiebt das Buch zurück ins Regal.

Eine Sekunde später heißt es wieder: »Oh, diesen hier kenne ich ja auch nicht!« Sie zieht ein anderes Buch aus dem Regal. »Schade, den Krimi leiht sie mir bestimmt nicht, weil sie ihn gerade liest. Hier ist ein Lesezeichen drin.«

»Geben Sie sofort das Buch her, Sie neugierige Person!«, kreischt plötzlich Frau Berensen von der Tür herüber.

Warum regt sie sich so auf? Vielleicht ist es nicht besonders höflich, sich in einer fremden Wohnung umzusehen. Aber Frau Berensen braucht keine Angst zu haben, dass die Baronin eins ihrer Bücher verschlingt. Na, das wollte sie wahrscheinlich schon. Aber doch nicht wörtlich.

»Hören Sie auf in meinen Sachen rumzuschnüffeln!«, schreit die Friseurin weiter. »Und geben Sie den Brief sofort her!«

Wieso Brief? Ich dachte, das wäre ein Buch.

Die Baronin und ich wechseln einen verwunderten Blick. Dann schaut sie auf das Buch und zieht das Lesezeichen heraus. Das ist ja tatsächlich ein Brief.

»Her damit!«, verlangt Frau Berensen und stürmt auf die Baronin los.

Die wirft den Brief mit einer schnellen Handbewegung wie eine Frisbee-Scheibe in meine Richtung. Ich hechte vor um ihn zu fangen. Und stoße mit dem Kopf gegen den Couchtisch.

»Benedikt! Achtung!«, schreit die Baronin.

Ich rapple mich wieder auf und schnappe mir den Brief, der neben mir auf dem Boden gelandet ist. Wie eine Besessene läuft Frau Berensen auf mich zu. Ich umrunde das Sofa und werfe den Brief wieder zur Baronin. Geschickt fängt sie ihn auf.

»Halt sie fest!«, ruft sie.

Ich setze meine gesammelten Judokenntnisse ein und – klammere mich am Bein der Friseurin fest. Sie stampft wütend auf, wird mich aber nicht los.

»Mein liebster Maurice!«, liest die Baronin laut vor. *»Ohne dich ist mein Leben finster und kalt. Hätte ich dich nicht kennen gelernt, hätte ich wohl nie erfahren, was wahre Liebe ist. Wie soll ich nur weiterleben? Und doch können wir nicht zusammen sein. Bei einer Scheidung würde ich alles verlieren …«*

Die Baronin sieht ihre Friseurin scharf an. »Ich nehme an, dieser Brief ist nicht von Ihnen?«

Frau Berensen schüttelt den Kopf. Ich lasse sie los und sie setzt sich aufs Sofa. Dort kämpft sie weiter, und zwar mit ihren Tränen. Eine Weile ist es totenstill im Raum. Dann beginnt Frau Berensen zu sprechen.

»Seit ich sechzehn bin, arbeite ich jetzt als Friseurin«, erklärt sie bitter.

Ich will sie unterbrechen, aber die Baronin deutet mir still zu sein.

»Wissen Sie, wie dieser Job einen mit der Zeit ankotzt?«, fährt Frau Berensen fort. »Da kommen Frauen zu Ihnen, die Sie schön machen sollen. Für ihren Freund, für ihren Mann – und Sie, Sie haben niemanden.« Sie schluchzt. »Und immer diese verdammten Geschichten! Von ihren Kindern. Von ihren Enkeln. Über ihre Affären und ihre Urlaube. Und Sie haben nichts von alldem!«

Sie holt ein Taschentuch aus einer Box auf dem Couchtisch und putzt sich geräuschvoll die Nase.

»Manchmal hätte ich den Kundinnen am liebsten eine Glatze geschoren, so sehr haben sie mich gelangweilt. Aber nein! Sie müssen zuhören und fröhlich sein und freundlich! Sie müssen sogar so tun, als würde dieser Schwachsinn vom kranken Pudel Sie interessieren!«

»Und dann haben Sie einen Weg gefunden, sich zu rächen«, sagt die Baronin leise.

Frau Berensen grinst böse. »Die Frau dieses Schönheitschirurgen. Eine dumme Gans mit strohigen Haaren! Läuft auch im Sommer im Pelzmantel herum. Wissen Sie, wen ich meine?«

Die Baronin und ich nicken. Das war die Frau, die ich beobachtet habe. Sie hat der Friseurin tausend Mark gegeben.

»Tja, sie hat sich leider verplappert. Hat mir von ihrem Liebhaber erzählt, einem Franzosen. Und dass ihr Mann nichts erfahren darf, weil sie sonst bei einer Scheidung keine müde Mark bekommt.«

»Woher hatten Sie den Brief?«, frage ich.

Frau Berensen sieht mich an. »Sie hat ihn mir gezeigt«, erklärt sie schlicht. »Und dann hat sie ihn wieder in ihre Handtasche getan. Aber als sie den Salon verließ, war er in meiner Handtasche.«

»Wann war das?«, will die Baronin wissen.

»Vor etwa einem Jahr.«

»Und wie viel haben Sie seitdem von ihr erpresst?«, setze ich das Verhör fort und fühle mich dabei wie ein richtiger Kommissar.

Frau Berensen deutet auf das Geld neben ihr.

»Die ganzen fünfzigtausend Mark?«

Sie nickt. »Ich fand das nicht unfair«, rechtfertigt sie sich. »Ein guter Psychiater hätte bestimmt das Doppelte verlangt. Und schließlich habe ich den gleichen Job gemacht. Mir ihre Probleme angehört, ihr Ratschläge gegeben, sie getröstet.« Sie setzt sich auf und sieht uns an. »Sogar die Haarschnitte waren gratis!«

Die Baronin schüttelt den Kopf und fängt an die Banknoten wieder aufzusammeln.

»Wir brauchen die Adresse der Frau«, sagt sie.

»Wie geht's denn jetzt weiter?«, fragt Frau Berensen ängstlich.

»Ich glaube kaum, dass die Dame Sie anzeigen wird«, erkläre ich fachmännisch. »Dann würde sie nämlich auch auffliegen. Sie kommen also wohl ungeschoren davon.«

»Wir werden Sie aber im Auge behalten«, droht die Baronin. »Wehe, Sie krümmen noch einmal jemandem ein Haar!«

Sie hat inzwischen die Banknoten wieder in ihrer Manteltasche verstaut.

»Komm, Benedikt«, sagt sie. »Der Fall ist noch nicht abgeschlossen. Wirklich eine haarige Angelegenheit diesmal.«

Wir lassen Frau Berensen auf ihren Sofa zurück und verlassen die Wohnung.

»Schade«, seufzt die Baronin. »Soeben habe ich die beste Friseurin verloren, die ich je hatte.«

»Machen Sie sich lieber Gedanken um das Geld«, erwidere ich grinsend.

»Wieso?«

»Stellen Sie sich mal die Schlagzeile vor, wenn wir jetzt ausgeraubt werden: *Gestohlenes Schweigegeld geraubt!*«

Kapitel 13

»Wahnsinn!«

Das ist kein Haus, sondern ein Palast. Halb Hamburg muss schon unter dem Messer dieses Schönheitschirurgen gelegen haben. Wie sonst könnte er es sich leisten, so zu wohnen?

Wir stehen an einem Gartentor aus Gusseisen. Dahinter liegt ein wunderschöner Park. Und mitten darin erhebt sich das Gebäude. Zwei Säulen stützen den riesigen Balkon. Darunter liegt der Hauseingang.

Die Baronin grinst in die kleine Kamera, die neben dem Gartentor an einem Pfosten montiert ist, und drückt die Klingel.

»Was jetzt wohl passiert?«, überlegt sie belustigt. »Vielleicht wird automatisch ein roter Teppich ausgerollt. Oder die hauseigene Armee marschiert auf um uns zu vertreiben.«

»Wer ist da, bitte?«

Wir zucken beide erschrocken zusammen. Das Gartentor kann reden! Oder kamen diese Worte wirklich so deutlich und klar aus der Gegensprechanlage, als wäre sie ein Mensch?

»Hier ist Frau von Stöver«, schreit die Baronin in den Lautsprecher.

»Würden Sie bitte etwas leiser sprechen?«, sagt die Stimme. »Unsere Mikros sind sehr empfindlich.«

Die Baronin war laut genug, um auch ohne Gegensprechanlage im Haus verstanden zu werden.

»Was wünschen Sie denn?«, fragt die Stimme höflich, aber kühl.

Die Baronin blinzelt mir zu. »Einen *Big Mac*, eine mittlere Portion Pommes und eine Cola ohne Eis.«

»Danke für Ihren Besuch. Auf Wiedersehen!«, tönt es frostig aus dem Lautsprecher.

»Nein, warten Sie!«, rufe ich schnell. »Wir wollen zur Dame des Hauses. Zu Frau Schnitzler.«

Zögern. Dann sagt die Stimme: »Es tut mir Leid, aber die Frau Doktor empfängt heute keine Besucher.«

Ich seufze. »Wir müssen aber wirklich dringend –«

»Wir sind weder ein *McDrive* noch eine öffentliche Toilette«, unterbricht mich die Stimme aufgebracht.

Die Baronin öffnet den Mund, um etwas zu sagen, aber ich stoße sie schnell mit dem Ellbogen an.

»Natürlich sind Sie das nicht«, sage ich höflich. »Aber wir müssen wirklich dringend mit Frau Schnitzler reden.«

Die Baronin drängt sich wieder an den Lautsprecher. »Sagen Sie ihr, dass Baronin von Stöver sie sprechen möchte«, verlangt sie in Kommandoton.

»Ich bitte Sie!«, höhnt die Stimme. »Unterlassen Sie doch diese platten Lügen. Sie sind doch bestimmt von irgendeinem Käseblatt, das einen schmalzigen Artikel über die Frau Doktor –«

»Platte Lügen?«, krächzt die Baronin empört. »Ich werde Sie gleich selbst platt machen, wenn Sie nicht sofort –«

»Sagen Sie ihr doch bitte, dass es um Maurice geht«, rufe ich dazwischen, ehe die Baronin ausreden kann. »Frau Schnitzler weiß Bescheid.«

Eine Weile hören wir außer dem Vogelgezwitscher im Park gar nichts mehr. Dann öffnet sich die Haustür unter den Säulen. Eine Frau im kurzen schwarzen Kleid mit einer weißen Schürze winkt uns zu sich.

Die Baronin und ich sehen einander an.

»Ich dachte, Hausmädchen, die so etwas tragen,

wären längst ausgestorben«, murmelt die Baronin und macht das Gartentor auf.

Wir schreiten nebeneinander den Kiesweg entlang, der zu der Villa führt. Ich fühle mich, als wäre ich im falschen Film. Benedikt Bachmann war innerhalb einer Woche beim Friseur, hat einen Anzug getragen und ist zu Besuch in einer Supervilla. Eigentlich gar nicht so übel, dieser Film …

»Kommen Sie doch bitte herein«, begrüßt uns das Hausmädchen an der Tür. Es ist wirklich noch ein Mädchen, höchstens achtzehn. Aber es wirkt so steif wie ein Kleiderständer.

»Darf ich Ihnen die Mäntel abnehmen?«, fragt es auch sofort.

»Danke, wir bleiben nicht lange«, erwidert die Baronin würdevoll.

»Wie Sie wünschen. Die Frau Doktor erwartet Sie.«

»Ist sie etwa auch Ärztin?«, raune ich der Baronin zu, während wir dem Mädchen folgen.

»Sie hat vielleicht keinen Doktor gemacht«, flüstert die Baronin abschätzig. »Aber gekriegt hat sie einen.«

Wir gehen schweigend einen langen Korridor entlang, der offenbar auf die Rückseite des Hauses führt. Es ist ziemlich dunkel hier drin. Erinnert mich ein bisschen an ein Geisterschloss. Von draußen sieht die Villa viel freundlicher aus.

Dann stehen wir in einem riesigen, hellen Salon. Die einzigen Möbel hier drin sind ein Sofa und zwei große Lehnstühle. Dabei ist der Raum groß genug zum Fußballspielen.

Was für ein Zufall! Die Frisur der Hausherrin sieht auch fast aus wie ein Fußball. Die Dame erhebt sich vom Sofa, als wir eintreten. Frau Schnitzler ist eine hübsche, dünne Frau Anfang vierzig. Ihr Haar ist kunstvoll frisiert und auf dem Hinterkopf zu einem riesigen Knödel aufgesteckt. Sie trägt ein langes, rosa Kleid und war offenbar gerade damit beschäftigt, irgendwelche Briefe in Umschläge zu stecken.

Jetzt kommt sie lächelnd auf uns zu und reicht erst der Baronin und dann mir die Hand.

»Sie sind also Freunde meines Klavierlehrers Maurice«, begrüßt sie uns freundlich. »Wie nett, dass Sie mich besuchen kommen.« Sie wendet sich an das Mädchen. »Danke, Anna, ich brauche Sie nicht mehr.«

Ich traue meinen Augen kaum, als das Mädchen einen Knicks macht, ehe es den Raum verlässt. Sobald es weg ist, lässt die Dame des Hauses ihre Mundwinkel wieder fallen.

»Was wollen Sie?«, fährt sie uns leise, aber scharf an. »Geld? Sie haben wirklich ein gutes Timing.«

»Wie bitte?« Die Baronin starrt Frau Schnitzler verwirrt an.

Die dreht sich um und deutet auf die Umschläge auf dem Sofa.

»Das sind Einladungen zu einer Party«, erklärt sie bitter. »Zur Feier unseres zehnten Hochzeitstages.«

»Herzlichen Glückwunsch«, sage ich verlegen.

»Wie viel?«, zischt Frau Schnitzler.

Ich verstehe kein Wort. »Äh – zehn«, antworte ich. Ich nehme an, sie wollte wissen, wie alt ich bin.

»Zehntausend?«, fragt sie. »Na schön, einverstanden. Aber das ist alles, was Sie von mir bekommen. Ich habe es langsam satt. Das ist die ganze Sache nicht wert.«

Sie geht auf ein Bild am Ende des Raumes zu und nimmt es von der Wand. Na endlich! Jetzt bekomme ich doch noch mal einen Safe zu sehen, der hinter einem Bild versteckt ist.

»Hören Sie«, sagt die Baronin laut. »Ich weiß nicht, was Sie da machen, aber wenn Sie denken, wir wollen Geld von Ihnen, dann irren Sie sich.«

Frau Schnitzler fährt verwundert herum. »Was denn sonst? Schmuck? Wertpapiere?«

»Eigentlich sind wir gekommen, um Ihnen Geld zu geben«, erklärt die Baronin.

Die Frau kommt wieder auf uns zu. Sie fährt sich durch die Haare und setzt sich dann aufs Sofa.

»Bitte nehmen Sie Platz«, fordert sie uns auf und deutet dabei auf die beiden Stühle.

Wir setzen uns zögernd. Sofort greift die Baronin in ihre Manteltasche und holt zum zweiten Mal an diesem Tag die Geldscheine heraus.

»Die gehören Ihnen, glaube ich.«

»Erklären Sie mir das bitte«, verlangt Frau Schnitzler.

Die Baronin nickt mir zu.

»Eigentlich fing alles damit an, dass einer Friseurin fünfzigtausend Mark gestohlen worden sind«, erzähle ich. »Wir haben den Kerl gefunden, der sie ihr geklaut hat. Dann wollten wir ihr das Geld zurückbringen. Und dabei haben wir herausgefunden, dass die Friseurin das Geld von Ihnen erpresst hat. Hab ich etwas ausgelassen?«

Die Baronin schüttelt den Kopf. »Genau so war es. Und jetzt sind wir hier, um Ihnen das Geld zurückzugeben.« Sie hält Frau Schnitzler die Scheine hin.

Zögernd greift die Dame zu und lässt die Bündel dann achtlos neben sich aufs Sofa fallen.

»Das war sehr nett, aber vermutlich völlig sinnlos«, meint Frau Schnitzler seufzend. »Diese Friseurin hat nämlich etwas gegen mich in der Hand. Und wenn sie das nächste Mal –«

»Es gibt kein nächstes Mal!«, sagt die Baronin und hält den Brief in die Luft.

Frau Schnitzler glotzt ihn mit großen Augen an. »Der Brief!« Sie reißt ihn der Baronin förmlich aus der Hand und drückt ihn an ihre Brust. Dann mustert sie uns misstrauisch. »Haben Sie ihn etwa gelesen?«

»Das ließ sich nicht umgehen«, bedauert die Baronin.

»Ich – ich kann Ihnen alles erklären«, flüstert Frau Schnitzler. »Wissen Sie, mein Mann betrügt mich eigentlich schon seit Jahren mit –«

»Es sind Kinder anwesend«, unterbricht die Baronin und nickt in meine Richtung.

Ich hasse diesen Spruch!

»Keine Angst«, sagt Frau Schnitzler. »Das dürfen Kinder hören. Mein Mann betrügt mich nämlich mit seiner Arbeit. Ich sehe ihn fast nie. Und Maurice, mein Klavierlehrer, ist so ein liebenswerter und –«

»Schon gut!«, knurrt die Baronin und steht auf. »Wir müssen jetzt gehen.«

Sie wirft einen letzten Blick auf das Geld. »Wollen Sie es nicht nachzählen?«, fragt sie. »Ob es auch wirklich fünfzigtausend Mark sind?«

Frau Schnitzler steht ebenfalls auf. »Ach was!«, meint sie wegwerfend. »Ist doch nur Geld.«

»Also wir beide haben nichts gegen Geld«, erklärt die Baronin nachdrücklich. »Im Gegenteil! Wir können gar nicht genug davon kriegen.«

»Wirklich?« Frau Schnitzler schenkt uns ein mitleidiges Lächeln. »Wissen Sie, was? Geld macht nicht glücklich.«

Schon wieder einer dieser Sprüche!

»Das würde ich gern mal selbst rausfinden«, erwidert die Baronin.

»Auf Wiedersehen!«, sagt Frau Schnitzler freundlich und gibt mir die Hand. »Vielen Dank für Ihre Mühe!« Dann geht sie auf die Baronin zu und reicht auch ihr die Hand. »Vielen Dank«, wiederholt sie.

»Dafür, dass wir Ihnen die fünfzigtausend Mark zurückgebracht haben?«, fragt die Baronin nach und sieht der Frau tief in die Augen. »Das hätte doch jeder ehrliche Finder getan!«

»Sie haben wohl Recht!«, meint Frau Schnitzler. »Und alles Gute! Sie finden sicher allein hinaus.«

Damit dreht sie sich um und setzt ihre Arbeit fort. Vorsichtig nimmt sie Einladung für Einladung und schiebt sie in die Umschläge.

Die Baronin schnauft böse, dreht sich um und verlässt den Salon. Ich hefte mich an ihre Fersen.

Nachdem das Hausmädchen die Haustür hinter uns geschlossen hat, stampft die Baronin wütend mit dem Fuß auf und schimpft: »So eine bodenlose Unverschämtheit!«

»Wovon reden Sie?«

»Hat diese dumme Nuss denn noch nie was von Finderlohn gehört?«, regt sie sich auf. »Dem Finder stehen zehn Prozent des Wertes zu. In unserem Fall wären das glatte fünftausend Mark gewesen!«

Mir bleibt die Spucke weg. Diese superreiche Frau hat uns soeben um fünftausend Mark geprellt? Das darf doch wohl nicht wahr sein.

»Heute hast *du* einen schweren Fehler gemacht, mein Junge!«, stellt die Baronin fest.

»Und welchen bitte?«

»Du hättest dich für Hawaii entscheiden sollen, als noch Zeit dafür war!«

Kapitel 14

»Und?«, erkundigt sich Murat am nächsten Nachmittag. »Hat die Baronin das Foto dieses Schwindlers an die Polizei geschickt?«

Ich schüttle den Kopf. »Viel besser: Sie hat es an die Zeitung geschickt. Die wollen die Geschichte auf die Titelseite bringen. Vielleicht melden sich dann seine Opfer bei der Polizei und erstatten Anzeige.«

Wir sitzen in meinem Zimmer auf dem Boden und spielen mit meiner Schildkröte Emily. Das heißt: Zwischen Murat und mir sind etwa zwei Meter Abstand. Wenn Emily bei einem von uns ankommt, dreht der sie um und lässt sie wieder auf den anderen zulaufen. Ob ihr das mehr Spaß macht als uns, weiß ich nicht. Aber viel mehr kann man mit einer Schildkröte nun mal nicht anstellen.

Und im Grunde genommen war unser letzter Fall

auch nichts anderes. Erst wird jemandem Geld weggenommen. Dann wird es derjenigen weggenommen, die es zuerst weggenommen hat. Und dann nehmen wir es demjenigen weg, der es genommen hat. Und dann bringen wir es derjenigen zurück, der es am Anfang weggenommen wurde. Und die hat es von Leuten, denen auch was weggenommen wurde, zum Beispiel Tränensäcke und Fettpolster.

Ich schnappe mir Emily und setze sie wieder in ihren Käfig. Besonders lustig finde ich dieses Spiel eigentlich nicht.

»Was ist jetzt eigentlich mit Alicia und dir?«, frage ich Murat neugierig.

»Ich hab ihr die zwei Mark zurückgegeben«, murrt er. »Sie hat nicht mal danke gesagt. Offenbar war deine Masche besser.«

»Welche Masche?«, frage ich verwundert.

»Keine Ahnung. Aber durch irgendwas hast du doch Bianca und Lydia dazu gebracht, dich heute in der Schule anzulächeln. Na los, verrate mir deinen Trick!«

»Da gibt's keinen Trick!«, beteure ich, worauf Murat ein ungläubiges Gesicht macht.

»Was? Du behauptest, das bissigste und das hübscheste Mädchen unserer Klasse sind einfach so nett zu dir? Ohne jeden Trick?«

»Mhm ...«

»Dann behalt ihn eben für dich!«, faucht Murat. »Warum solltest du auch damit rausrücken, wenn ich dich darum bitte? Schließlich bin ich nur dein bester Freund.«

»Ist ja gut, ist ja gut!«, sage ich schnell.

Ich stehe auf und gehe auf meinen Schrank zu. Murat folgt mir auf dem Fuß und starrt neugierig über meine Schulter, als ich ihn aufmache.

»Was ist da drin?«, drängt er ungeduldig. »Hast du etwa ihre Tagebücher geklaut? Oder ein Gespräch von ihnen aufgezeichnet? Oder sie beim Schuleschwänzen fotografiert?«

»Quatsch!«

Ich fasse in den Schrank und ziehe einen Kleiderbügel heraus. Dann halte ich Murat meinen Anzug vor die Nase.

Er glotzt mich verwirrt an. »Was soll das bedeuten?«, fragt er. »Ich kenne das alte Ding. Damit musstet du bei deiner Kommunion rumlaufen. Aber was hat der Anzug mit Lydia und Bianca zu tun?«

»So genau weiß ich das auch nicht«, gestehe ich.

»Aber wenn ich bei diesem Fall was gelernt habe, dann war das zum einen, dass Geld angeblich nicht glücklich macht.«

Murat grinst. »Das behaupten nur Leute, die stinkreich sind. Und was hast du sonst noch gelernt?«

»Tja, wenn man einen Anzug trägt, dann tragen die Mädchen auch was. Nämlich ein Lächeln im Gesicht.«

Prompt rupft mir Murat den Anzug aus der Hand und nestelt an seinem Hosenknopf herum.

»Den kannst du nicht anziehen!«, beschwöre ich ihn. »Der ist dir viel zu klein. Darin siehst du total peinlich aus.«

»Na und? Wenn ich darin wirklich peinlich aussehe, wird das Lächeln auf Alicias Gesicht sicher noch ein bisschen breiter ...«